寥洋 著

親愛的，總有一天我會殺了你

目次

壹

還不到中午，何宥勳就聽到門鈴響個不停，難得放假想賴在床上，卻被這惱人的聲音給硬生生從被窩拉出來。

「請問是哪位？」即使不悅，還是得維持基本禮貌，何宥勳對著對講機說話，盡可能揚起聲調，希望不要太顯露心中的不滿。

「宥勳，是我，幫我開門，我帶了杜瓦（Duvel）來喔！」單從聲音判斷，傅偉誠似乎心情挺不錯的。

何宥勳按下開門的鈕，一樓的鐵門啪地自動打開了，幾秒後，樓梯口傳來快速踩上階梯的腳步聲。

「說真的，我比較喜歡上次的Lindemans Kriek，下次幫我帶。」何宥勳隔著鐵門對傅偉誠說。

「好啦，想說很久沒喝這個啊，快點開門。」打開鐵門，何宥勳逕自走入屋內，傅偉誠則跟在後頭，一邊脫靴子一邊抱怨：「說真的，五樓好高，而且這棟公寓又沒電梯，你怎麼有辦法忍受啊？」

「從大一住到現在，都有感情了，而且你以前來的時候也沒喊累，現在是怎麼啦？提早老化了嗎？」何宥勳打趣地看著他。

「才不是咧，下個月才要三十三歲而已，還很年輕力壯呢！」傅偉誠走進廚房，從抽屜拿出開瓶器：「大概最近工作比較忙吧，沒什麼時間好好休息。來吧，先乾了！」笑笑地把剛打開的啤酒遞給何宥勳。

「我還沒吃早餐呢！你先喝，我弄個吃的。」何宥勳把啤酒擺在桌上，打開冰箱，想翻出可以迅速食用的東西，不過看來是吃完了。

「其實我有買包子，你要不要吃？」

「真假，這麼好，不早點講！」

「接好喔！」傅偉誠做出投手丟球的姿勢。

「哈哈，不要亂丟，小心浪費食物！」何宥勳接下還熱騰騰的包子，咬了一口：「哇喔，是鮮肉加蔥的！」

「好吃吧，上禮拜才發現的店，開在萬芳醫院對面的巷子裡。」傅偉誠一臉得意。

「下次幫我多買一些，我要冰起來，到時候可以當早餐吃。」何宥勳看著傅偉誠：「話說，你怎麼會這個時候跑來，現在才十一點多而已，家甄不會有意見嗎？」

傅偉誠調整了一下坐姿，露出類似苦笑的表情：「她一早就出門了。」

聽起來不太對勁，何宥勳皺了皺眉，他記得傅偉誠和李家甄從以前就有個習慣，每逢周末，兩人都有空的時候，會相約一起享受午餐，這是李家甄非常重視的「週末午間美好時光」，怎麼今天李家甄會一大早出門，實在不像她。

「你們吵架了嗎？」何宥勳歪著頭問。

「嗯，算是吧，其實我也說不上來，反正我們最近相處不太融洽就是了，動不動就發生小衝突。昨天晚上我只是不小心躺在沙發上睡著，沒關電視，結果她竟然對我大發雷霆，我也很不高興啊！覺得為了這種小事情有什麼好生氣的，於是就跟她吵了起來。」傅偉誠喝了一口啤酒：「結果睡覺前都還沒和好，最後我繼續在沙發上睡，她獨自回房，一早醒來，人就不見了，連張紙條也沒留，打電話傳訊息問她去哪裡，也不給我回應！」傅偉誠說到情緒有點激動。

「你剛說你們最近相處不融洽，是從什麼時候開始的？」何宥勳走過去拍拍傅偉誠的肩膀。

「大概……快一個月了。」

「你們以前不是不吵隔夜架的嗎？」李家甄曾經煞有介事地告訴何宥勳，跟另一半絕對不可以吵隔夜架，當天的衝突就要當天解決，不可以睡一覺後再面對，不然會增加處理的困難。

「是啊，但她最近好像對我有諸多不滿，」傅偉誠深深嘆了口氣：「也不知道她在想什麼，我想好好跟她溝通都沒辦法，每次說不到兩句就會吵起來。」

「這實在不像她。」何宥勳拿起的桌上啤酒喝了一大口。

「女人啊……麻煩的生物。」傅偉誠聳聳肩。

「怎麼啦？現在是後悔結婚喔？」

「嗯，這幾天還真的有這種想法。」傅偉誠也仰頭灌了一大口酒。

何宥勳看著傅偉誠的側臉，沒有說話。

「突然好羨慕你啊，沒有被婚姻綁住，感覺就很自由自在，喏，你剛剛應該還在睡覺吧？果然沒結婚就是比較好，不會被管東管西的，躺在沙發上睡著又沒什麼，有什麼好生氣的嘛！」可能是因為微醺，傅偉誠的聲音變得有點大，臉頰也開始微微泛紅。

「其實，你原本也可以選擇不結婚的，不是嗎？」何宥勳望著地板，但還是可以感覺到在說完這句話之後，傅偉誠射向自己的視線。

兩個人就這樣沉默了好長一段時間，冰箱運轉的聲音變得好大，何宥勳還是持續看著地板，傅偉誠則站起身，走向陽台的窗戶。

「抱歉，我不該說那句話的。」何宥勳看著傅偉誠的背影，突然感覺到彼此竟是如此地陌生。

「你……要留在這裡吃午餐嗎？我昨天剛好有多買了一些食材。」又是一陣短暫的沉默後，傅偉誠背後傳來何宥勳的詢問。

「嗯，在這邊吃吧，麻煩你了。」

「不會，那我去準備。」說完，何宥勳轉身走進廚房，傅偉誠繼續看著窗外的河堤上有人在散步，又灌了一口啤酒，味道開始變得苦澀。

「嘿，來吃吧！」何宥勳從廚房走出來，招呼傅偉誠吃午飯。

才花半小時左右，小小的餐桌就擺著三道菜和一鍋湯，不得不稱讚何宥勳，他的手藝實在很好，而且是無師自通的那種天才，就連時常花時間精進廚藝的家甄都曾經讚美過他。

「我想飯應該也差不多了，」何宥勳打開飯鍋：「感覺不錯，這個米是我朋友上禮拜拿給我的，好像他們辦公室在團購吧，說很好吃，於是就分給我一包。」

傅偉誠吃了一口，嚼一嚼，還真的很好吃，有股自然的澱粉甜味。

兩人對坐在餐桌邊，大概是想化解方才的不愉快，何宥勳一直聊些不痛不癢的話，努力揮去空氣中尷尬的氛圍，傅偉誠也在吃飯之餘，搭上幾句，但心裡還是不斷盤據著何宥勳剛剛說的那句話。

吃飽後，兩人玩著Xbox，以前都可以用這個來消磨一整個下午的時光，但今天的氣氛實在太不對勁，玩了一個多小時，傅偉誠就主動對何宥勳說，他還有些事情要處理，想先回家，於是就起身告辭了。

坐在駕駛座，傅偉誠心想：原本跟家甄吵架已經夠不開心，想說找何宥勳聊聊，應該多少能改變一下這煩悶的情緒，沒想到從何宥勳家離開的時候，心情竟然變更糟，原本帶著一手的啤酒過去，打算要痛快地大喝一場，最後卻只喝了三罐，好好的興致就全被毀了。

回到家才三點多快四點，下車時，家裡養的邊境牧羊犬立刻衝到傅偉誠腳邊，還高興得跳起來。

「咦，傅先生，只有你一個人回來啊？」隔壁的陳太太正在修剪門前的幾株盆栽。

「對啊，剛剛去朋友家。」

「這樣啊，那你太太呢，怎麼沒跟你在一起呀？」陳太太露出一臉八卦的樣子，傅偉誠實在很想叫她少管閒事。

「她一早跟朋友有約了。」傅偉誠蹲下：「嘿，威爾斯，你沒吃午餐對不對？等我一下喔，我去拿你的食物。」說完，傅偉誠就快步走向大門。

傅偉誠打開家門，屋內空氣是凝滯的，非常安靜，看來家甄還沒回家，剛才打電話給她，還是沒接，傅偉誠忍不住嘆口氣，看來李家甄今天晚餐也不會回來吃吧。

餵飽威爾斯之後，傅偉誠坐在客廳沙發上，隨手抓起一旁李家甄最近在看的小說，才讀兩頁就乏味了，內容是一個已婚總裁跟單身祕書發生婚外情，他很意外她會看這種沒格調的故事。

突然傅偉誠靈光一閃，家甄該不會……有外遇對象吧？

傅偉誠思忖著，所以她開始對生活中的許多事情感到不滿，藉著一些雞毛蒜皮的小事動怒，希望自己對她感到厭煩，最後受不了於是主動提出離婚。

傅偉誠甩了甩頭，應該不會的，但又突然想到，李家甄今天出門都不接電話也不回訊息，該不會是和另一個男人正在約會？

情緒開始變得焦躁不安，卻不知所措，在客廳來回踱步也沒個頭緒，最後只好打開電視轉移注意力，然後時間就到了晚上七點多，窗外天空早已轉暗，但因為光害，天空不是深藍，而是種奇怪的橘灰色。

打開冷凍庫，隨便找個微波食品，加熱後就囫圇吞下，傅偉誠實在沒有好好吃頓飯的心情。電視正播著新聞，內容是丈夫殺害妻子後，刻意布置成妻子自殺的假象，藉此想躲避法律制裁，主播用極為誇張的語氣播報，彷彿她就在案發現場目睹一切。

接著又播著業配新聞，現在的新聞還真是五花八門啊，傅偉誠心想。

一直到十二點，李家甄才回到家，傅偉誠正在沙發上吃著蘇打餅乾，配著ＨＢＯ的影集。家甄的手指在手機螢幕上滑動，臉上洋溢著笑容，似乎是喝了酒，腳步略顯搖晃。

「親愛的，妳去哪了？」傅偉誠試圖不要把氣氛搞僵，所以硬擠出一個很不自然的笑臉。

「早上跟魏瑾晨去逛街，晚餐後去她家。」一看到傅偉誠，李家甄立刻收起開心的笑容，用嫌惡的表情面對他，彷彿傅偉誠臉上有什麼髒東西似的。

「是真的嗎？那為什麼不接我電話？」傅偉誠有點火了，他真的很討厭她那張臭臉，必須極力忍耐，才能把想賞她巴掌的衝動壓抑住。

李家甄翻了個很澈底的白眼：「今天是假日，哈囉，我可以有點私人空間吧，難道還需要隨時跟你報備我人在哪裡嗎？你如果不相信我說的話，就打給魏瑾晨啊！」說完，轉身就走上樓。

又是魏瑾晨，傅偉誠在心中暗罵，那個女人上次也邀家甄去夜店玩，說什麼要慶祝她離婚，終於恢復單身，結果家甄喝到凌晨四點多，才醉醺醺地回到家，還吐了一地；實在不太喜歡魏瑾晨，雖然她是家甄很好的朋友，傅偉誠和魏瑾晨也算是認識，但傅偉誠還是無法接受她那種有點不受控制的個性。

說不定家甄最近的改變，跟她也有關係。

傅偉誠按下客廳的電燈開關，心想著今晚又要睡在沙發了。

貳、李家甄

你相信父母對子女的影響很大嗎？

老實說，我爸媽的感情並不和睦，在我讀國中一年級時，就知道父親有外遇，雖然從來沒人跟我說過，但我曾經在半夜聽見他們的爭執聲，記得那是國中第一次期中考的前夕，睡到一半被父親的大吼嚇醒。

「到底煩不煩啊？告訴妳，妳就是這種個性，我才會受不了！」

「你說什麼？所以現在是我的問題囉？」父親似乎剛從外面歸來，他們站在玄關，面對面怒視著彼此，雙方都豎起身上的刺，不肯退讓。

接著是陶瓷器摔碎的聲音，那真的很可怕，我站在樓梯口，看到原本擺在鞋櫃上的仿青花瓷樣式的花瓶四分五裂，沒記錯的話，那是幾年前父親送母親的生日禮物，我眼睜睜看著母親邊哭邊徒手撿起地上的碎片，即使手指被割傷也不在乎。

而我也看見他們的信任與愛，碎了滿地。

從那天起，我的家再也不完美。

即使殘破不堪，他們還是極力地裝作若無其事，也許是因為父親在商界頗具盛名，怕家醜會成為新聞報導的對象；而在我面前，他們還是如往常般說話聊天，可能以為我年紀小，不會知道吧，但其實我早已發覺，他們看對方的眼神中根本沒有愛，冷冰冰的；在外頭，他們還是會牽手，會說說笑笑，彷彿還是一對神仙愛侶，只不過一切都是假象，他們之間的鴻溝已經巨大到無法填平的地步，這我全部都知道。

可是我也不忍心戳破他們，我知道他們選擇這樣粉飾太平，除了兩人都很愛面子之外，其實有一大部分也是考慮到我，為了讓我在這個家裡有安全感，所以他們還勉強跟早已沒了感情的人，繼續相處在同一個空間，而我也選擇繼續裝聾作啞，配合他們裝傻。

可惜很多事都瞞不住的，父親愈來愈常以加班為理由，藉故不回家吃飯，我想應該都是去找情婦，或是跟同事朋友一起喝酒；而數不清的夜晚，我就與母親坐在餐桌前，無言地扒著難以下嚥的飯菜，自從他們感情失和後，母親就不太有心思下廚，像以前那樣準備一桌的豐盛料理。雖然她還是偶爾會問我在學校的生活如何，但我明白，她其實並不是真心想知道我的情況，因為她花更多的時間沉默不語，或是機械式地夾起菜然後放入口中咀嚼，那雙失魂落魄的眼睛，我至今仍難以忘懷。

不過我還是會跟她說說學校裡發生的事，還有我今天數學小考差點滿分，即便她可能一點都不在乎。

我聽朋友說，從小遭到家暴的小孩，通常長大後會有兩種情況：第一種是耳濡目染，長大後也會成為施暴者；另一種人則相反，因為受夠了拳腳相向，所以他們會極力避免成為施暴的人。

而從小身處在雙親感情不融洽家庭的小孩，長大後也會有兩種情況：第一種是不相信童話故事所說的，公主王子從此就會快樂幸福地過完下半輩子，並且對愛情感到恐懼，甚至在長大後也無法好好處理每段感情；另外一種人則相反，因為看到父母相處上的問題，得以從中學習，並且不斷告誡自己，要妥善小心地經營感情，千萬不可以變得跟父母一樣，成為一對同床異夢的夫妻。

我猜父母的婚姻不和睦這件事，對我影響頗深，但幸好是正面的影響，正因為他們感情不好，我才對愛情更加充滿信心與期待，因為我相信自己不會和我母親一樣，應該說我努力地不要和她一樣，所以我總是提醒自己，千萬別成為一個不解風情的討厭女人。

我知道這樣講對她有點不公平，但我始終覺得，如果感情發生問題，通常都不僅僅是單方的問題，而我爸媽的感情會產生裂痕，大概也和我母親婚後變得很不善解人意有關吧。

例如有一段時間，父親因為事業遇上瓶頸以及投資失敗，導致家裡的經濟狀況比較不好，這使得母親會開始用金錢衡量一切事物，甚至到達有點喪心病狂的程度。

父親以前一直是個浪漫的人，我記得在我國小四年級時的某天，他買了一大束玫瑰回家，才剛進門就興奮地高喊：「親愛的，七夕快樂！」並舉起手上的那束花。

沒想到母親不但看起來不太開心，竟然還皺著眉問說這一束玫瑰要多少錢，會不會很貴。

「幹嘛要在情人節買花呢？這樣很浪費耶！」母親露出非常不以為然的嘴臉。

只見父親的臉當場就垮了下來，他把花扔在玄關的鞋櫃上，不發一語地走進房間換衣服。

想當然，那天的晚餐澈底毀了，父親始終板著一張臉，吃不到三口就上樓看電視，留我和母親尷尬地繼續坐在餐桌旁，吃著食之無味的晚餐。

之後，父親就幾乎不再帶禮物回家給母親。

其實我們家並不窮，雖然當時父親在生意上遇到一些困難，家中經濟是比以前稍微拮据，但買束花的錢還是有的，況且父親是出於好意，母親大可笑著接受那些玫瑰，說聲：「親愛的，謝謝你。」這樣不是皆大歡喜嗎？

這只是其中一件事，生活中還有很多事件，都顯示出母親太理性、太就事論事，而這樣的性格造成她變成一個毫無浪漫可言的人，甚至到了有點難以親近、討好的地步；後來父親的事業再次成功，家裡的財務狀況愈來愈好，甚至比過去都還要富裕，但也無法挽回他們早已碎裂的感情，就如同那支被摔碎的瓷器花瓶。

我想父親原本是很愛母親的，但最終還是受不了她的改變，只好在外面尋找其他有趣的女人。

因此，我相信愛情總是需要調劑的，假若兩人只談公事，不偶爾說些肉麻噁心的情話，會加速愛情死亡的速度。

只可惜我母親太傻太笨，沒能參透這個道理，也或許她事後終於發現事情的癥結點，但為時已晚。

所以我從國中的時候就發誓，絕對不要變成一個無聊的女人！我絕對不要像我母親一樣，被生活的瑣事磨成一個毫無情趣的女人。

當然，我現在很幸福，而我也深信這樣的幸福，來自於我的努力，我是如此努力地成為一個完美的女人，一個符合男人心中範本的理想女性。

所以，我的另一半，也必須是一個完美的男人。

參

昏暗的酒吧裡頭，大概是因為時間尚早，只有六、七人，連調酒師都無聊地低著頭滑手機，螢幕的白光照在他看起來略顯疲憊的臉上。

何宥勳走向吧檯，調酒師察覺到有人靠近，抬起頭問他要喝什麼。

「嗯……一杯琴費士好了。」

「沒問題。」調酒師將冰塊、琴酒、檸檬汁以及糖漿裝入雪克杯裡，搖勻之後倒入玻璃杯中，最後加入蘇打水和檸檬片：「好囉。」

「謝啦。」何宥勳接過玻璃杯，慢慢走入酒吧的深處。

緩慢啜飲著琴費士，過了半小時，酒吧裡的人逐漸變多，室內二氧化碳的濃度正緩緩上升，空氣變得有點悶，周遭的講話聲和笑聲也愈來愈大。

「嘿，久等啦！」何宥勳聽到聲音抬起頭，魏瑾晨對著他揮揮手：「我先去拿個酒喔，我點了性慾海灘。」

「哈，去吧。」

過了一下，魏瑾晨踩著白色粗跟高跟鞋走回來，她今天穿了一件非常適合她的白色短裙和黑色背心，側腰的地方用蕾絲連接，看起來若隱若現。

「今天人還挺多的呢！」魏瑾晨東張西望。

「是啊，原本還只有小貓兩三隻，現在一堆夜貓子都開始出來活動了。怎樣，有看上眼的好貨色嗎？」何宥勳調侃她。

「唉唷你這三八，我才剛進來而已，哪有時間看菜？好啦，其實那個穿白色A&F的男生還不賴。」她用下巴指引著方向，何宥勳看過去，是個有在練身材的高挑肌肉帥哥。

「等等去試看看啊，哈哈！」

「好啊，等等去他旁邊跳舞，故意跌到他懷中。」魏瑾晨喝了一口手上的酒：「話說自從我離婚後，我們就好久沒一起喝酒了。」

「對啊，妳剛離婚那陣子，我正好升上新的職位，忙到沒時間休息，下班就只想快點回家洗澡睡覺，然後睜開眼就天亮，又要準備去上班。」

「唉，還是讀大學的時候最好，想約就約，玩通宵也沒關係，頂多翹掉早上的課而已，也不會怎樣。」魏瑾晨的眼裡透露出幾分落寞。

長大就是如此，這也是不得已的啊，何宥勳心想。

「你知道我為什麼會離婚嗎？」

「不清楚，是因為覺得不適合嗎？」

「確切來說，是感覺淡了。」何宥勳看見魏瑾晨眼裡有東西在閃爍：「說來諷刺，我結婚前還以為我們永遠都會愛著彼此呢。」

「所以怎麼會想離婚呢？」魏瑾晨的前夫是大她一屆的系上學長，他們在魏瑾晨大三那年開始交往，後來一等到魏瑾晨畢業，兩人就立刻登記結婚，當時還嚇到許多人。

「我也不知道，就好像在某個夏夜入睡，隔天早晨醒來時，竟發現天氣突然轉冷了。」魏瑾晨嘆口氣。

「但……總會有個原因吧？」

「也許，是因為沒有小孩吧……他一直都很想要有個孩子，但我實在無法勉強自己，我真的不喜歡小孩，我不想為一個孩子把屎把尿，那太恐怖了！你能想像嗎？如果每天要過著那樣的生活，很快我就會成為黃臉婆的！」魏瑾晨瞪大雙眼，那模樣有點駭人，彷彿正在目睹什麼恐怖的玩意。

「也許大多時候，一輩子愛著同個人是件很困難的事吧，要不然，真愛怎麼會如此可貴呢？」何宥勳試圖轉移她的思緒：「妳最近還有跟李家甄聯絡嗎？」

「有啊，上禮拜才一起去陳峻的店裡喝酒。」陳峻也是以前系上的同學，從一年級下學期開始就很少準時出現在課堂，因為他晚上都去酒吧當服務生，還跑去學調酒，大三就已經兼差當起調酒師，畢業後沒多久就和朋友在東區開了一間自己的酒吧，生意還挺好的，前陣子甚至被某知名雜誌選為台北十大值得到訪的酒吧之一。

「她最近好像和傅偉誠處得不太愉快？」

「嗯？你怎麼知道，是誰跟你說的？」

「傅偉誠前幾天有來我家。」酒吧的音樂從凱莉米洛的Love at First Sight切換成瑪丹娜的Living for Love，何宥勳在心中暗自慶幸這間酒吧沒有被韓國音樂攻佔。

「聽起來，你們還是常常聯絡？」

「也稱不上是常常啦，他偶爾會過來聊聊天，就這樣。」

魏瑾晨若有所思地點點頭，然後忽然開口：「其實他們會吵架，似乎也不用太意外，家甄本來就不好伺候，某個程度上來說，她是有點公主病。」

何宥勳跟李家甄大一上學期並不熟，一直到下學期，因為修同一堂通識課才逐漸熱絡，起初何宥勳對於外貌姣好的她其實有些排斥，也許是刻板印象作祟，覺得李家甄應該是個很難親近的人，但後來她主動找何宥勳聊天後，何宥勳意外發現兩人還蠻多共同話題可以聊的，感覺起來李家甄也不難相處。

不過再進一步熟識後，何宥勳就發現他與李家甄之間還是有點隔閡，就拿金錢觀來說，何宥勳自從上大學後就只跟父母拿學費，剩下的生活費全靠自己打工賺來，因為不喜歡住學校的爛宿舍，所以從大一下學期開始，何宥勳就自己在學校附近租套房，經濟雖然稱不上困頓，但也無法過得太逍遙自在。

相較於李家甄，她的父親是知名的鴻星影城董事長，家裡的環境就比多數人好上太多了，更不用擔心什麼房租或生活費等問題，每周她都會約人去吃近千元的餐廳，去過兩次後，何宥勳就不願意再加入了，於是他都以各種理由婉拒。

另外一點讓何宥勳不太舒服的是，李家甄隔沒幾天就會買新包包、新耳環或是新鞋子，然後每次都會跑來問何宥勳，要他猜猜這些東西的價錢多「便宜」，當然，以李家甄的消費態度，三萬元內的名牌包對她來說，都還是在可以毫不手軟的狀態下出手。

久而久之，雖然何宥勳還是會跟她往來，但他不再奢望能和李家甄成為多交心的好朋友，因為他知道在本質上，兩人就是不相同的。

老實說，何宥勳也認同魏瑾晨所說的，傅偉誠和李家甄會吵架，確實不用太意外，因為他們並不適合。

「啊，坐到屁股好痛，起來跳個舞吧！」魏瑾晨把酒拿在手上，另一隻手試圖要把何宥勳從椅子裡拉起來。

「沒關係，妳去就好，我幫妳顧包包。」不知怎的，何宥勳覺得今天沒什麼興致，雖然店裡播的歌剛好是他喜歡的舞曲。

於是何宥勳坐在位子上，看著魏瑾晨走入舞池，開始扭腰擺臀，紅男綠女們緊貼著，在這片燈紅酒綠下，搖晃成一片，令人暈眩。

肆、李家甄

偉誠和我，是大學的同班同學，我們都畢業於政治大學英文系。

第一天開學迎新時，我就慶幸自己沒有因為懶散怠惰而荒廢課業，努力讀書考試果然是正確的投資，至少班上男生的素質看起來都不錯。

既然說到考試，就來談談我的人生哲理吧！我相信人有分階層，這樣說也許太現實，但事實正是如此，舉個例來說吧，那些走在路上，穿著不入流、毫無設計感衣服的人，或是叼著菸、嚼著檳榔的，還有那些滿口髒話、舉止粗鄙難看的人，就是和我不一樣，我們是不同世界的人，雖然我們都活在同個空間裡，但我所屬的群體，跟那些我剛剛當作舉例的群體，以及其他群體之間，都隔著一道玻璃屏障，我們可以互相看到彼此、知道對方的存在，但我們不能透過交流達到共鳴，他們不能理解我們的生活，不懂什麼是世界文學名著，不懂什麼是生活的美感，因為我們是不同的。

啊，其實我沒有想貶低任何人的意思，我也不是認為自己高尚、別人低俗，我只不過是在陳述一個事實罷了。

話說回來，大學及高中入學考試制度的功能，就是把不同階級的人分類，它讓每個人到達各自所屬的地方，每間學校就像身分認證，說明著每個人的差異，可能是家庭背景、能力或者品味……等等特性。

像我跟朋友若想要買衣服的話，是絕對不會去夜市，或是在路邊攤選購的，我們無法忍受和那些粗俗的人比肩走在一起，當周遭都圍繞著毫無質感的人，自身多少也會被影響，所以百貨公司專櫃以及精品店通常會是比較好的選擇；當然，最近這幾年，有愈來愈多沒水準的人也踏入專屬我們的區域，甚至厚著臉皮對那些他們根本不能瞭解的時尚品味挑三揀四，這點實在讓人難以忍受。

關於教育，曾經有人探討升學考試的存在必要，我個人是絕對贊成考試制度留下，因為這就是篩選群體的最好辦法，也最輕鬆簡單，什麼多元入學，只是自找麻煩。

現在讓我回歸正題——不得不說，開學第一天，我就深深地被傅偉誠吸引住，還記得那天他穿著簡單的白色短袖T-shirt還有刻意刷舊的單寧牛仔褲，身材高挑，皮膚是有曬過太陽的健康小麥色，頭髮梳理得俐落有型，笑起來的模樣也非常無懈可擊。

「天啊，他好優喔！」才剛坐下來，魏瑾晨就迫不及待地想跟我討論傅偉誠，感覺她的口水都要流出來了。

「妳克制點。」我給她一個十足的白眼。

說到魏瑾晨，她是我的高中同學，一年級時我們就是同學，分組後也很湊巧地在同一班，甚至還考到同校同系，換句話說我們總共當了七年同學；此外，她的父親跟我父親也是舊識，後來父親的事業能東山再起，可以說是受到魏瑾晨父親的許多幫助。

魏瑾晨的父親從事餐飲業多年，是全台知名的餐飲界大亨，光是在台北市，就擁有二十多間分店，然而儘管出生在富裕的家庭，魏瑾晨並不是個很有文化水準的人，說難聽一點，甚至是有點庸俗；還記得高中時，帶她去北美館看展覽，才過不到半小時，魏瑾晨就表現出一臉意興闌珊的樣子，還說她覺得好累，想要出去找間燈光美、氣氛佳的店，吃個下午茶並且坐著休息，真是一點藝術素養都沒有！

你知道的，生物界有所謂的基因突變，優良種也可能生出劣種，我想魏瑾晨大概就是我們這群體中，不太優質的那種人，不過，即使是在優良的群體裡頭，還是有高下之分，而這些稍微低下的人的功能，就是取悅我們這些真正在上位的人，魏瑾晨很愛玩也很敢玩，所以她多少可以陪伴我度過一些無聊的時光，也算是有點價值吧。

我看得出魏瑾晨也對傅偉誠有興趣，但我不可能供手讓她的，說真的，她配不上傅偉誠，她只須跟那些低俗玩咖打打鬧鬧，玩些屬於他們的下三濫戀愛遊戲就足夠了。

為了獲得想要的東西，當然得付諸行動，於是我自願成為系上籃球隊的球隊經理，因為我相信這是接近傅偉誠的最快方法，你想想看，帥氣的籃球隊員與美麗的球隊經理，難道不是絕配嗎？

我知道班上還有很多女生，也同樣對偉誠有意思，而且她們都非常主動，有的跟我一樣自願當球經，有的則是每場比賽都到場，甚至會自製加油牌，或攜帶飲料與小點心，並利用各種機會與傅偉誠打情罵俏，瞧瞧那些女孩們笑得花枝亂顫的模樣，真是夠噁心的，看來長期的單身寂寞，使她們早已忘記什麼叫做矜持。

不過我與她們不一樣，我很能掌控自己的行為舉止，不會像個婊子一樣對男人投懷送抱，太輕易得到的，也很容易被拋棄，因此我很盡本份地做好球隊經理的工作，我知道如果要吸引傅偉誠，就必須跟那些人有所區別，傅偉誠也是有水準的高等人，這我看得出來，所以他不會對那些主動獻殷勤的女生有興趣，而且我深信他最終一定會被我吸引，因為我們才是真正屬於同個群體的同類。

現在回想起來，我還是很佩服自己的耐力，為了與傅偉誠更進一步，我等待了整整快一年的時間。

我雖然身為系上籃球隊的經理，但卻始終跟傅偉誠沒有密切往來，應該說他是個很紳士的人，他對女生不曾有過無禮的行為，通常球隊的男生們很容易跟女生勾搭，我就曾經目睹學長和另一位也擔任球經的學姊玩在一起，兩人在球場邊的互動非常親密，好似一對情侶，但後來我才知道，原來兩人都各自在校外有男女朋友，不過這樣混亂的交往關係，在大學裡其實比比皆是。

不過傅偉誠不一樣，他沒有那樣踰矩過。

剛擔任球經的第一個月，他甚至沒和我主動聊天過，頂多只是微笑打個招呼，其實我一開始還很擔心，原本以為是他對我沒意思，但後來經過觀察，他對其他女性也是同樣的相處模式，很少與異性主動攀談，果然跟那些滿臉寫著「我好想跟女生上床」的噁心男生不一樣。

認識一個月後，他才主動跟我說第一句話，那天陪球隊在河濱球場練完球，大家決定要一起走到木柵市場吃豆花，去程路上我走在他右手邊，他突然開口。

「魏瑾晨好像一陣子沒出現了？」他指的是魏瑾晨從三個禮拜前就沒有出現在球場邊陪大家練習。

「對啊，她說她很忙，可能無法繼續當球經了吧。」其實魏瑾晨是看傅偉誠對她沒興趣，才會自動退出。

「這樣啊。」傅偉誠點了點頭。

這是他第一次主動跟我說話，老實說，這話題真的很不好聊，於是接下來的路上我們又恢復沉默，一直到了豆花店，才一起參與大家的話題。

不過，我相信這是個很好的開始。

隨著時間一天天過去，我跟傅偉誠有愈來愈熟識的趨向，不過一年級的整個學年，我們都保持著普通朋友的關係，甚至連惹人遐想的話都未曾說過。

有趣的是，我們都沒有交往的對象，雖然這一年之中我被許多對象追求，但我全然不放在眼裡，我心中所期盼的只有傅偉誠。

儘管無法得知傅偉誠心裡是怎麼想的，但聽魏瑾晨說，他身邊也不乏追求者，只不過傅偉誠似乎對那些人不怎麼感興趣。

就這樣過了大學的第一個學年，那年七月，我去了一趟歐洲自助旅遊，順便去找幾個在那邊讀大學的高中朋友。還記得在慕尼黑時，某個很會算塔羅牌的朋友幫我測了戀愛運，她說我即將得到夢寐已久的那個人。

於是八月初，我帶著期待且愉快的心情回到台灣。

八月中，班上就要開始為學弟妹準備新生隔宿露營，許多人因此提早回到學校。

傅偉誠和我都是活動組兼隊輔組的，當然，我有事先打聽他要加入哪一組。

基本上，活動組的工作就是要設計各式遊戲，例如：大地遊戲，我們必須先寫出企劃書，規劃整個大地遊戲包含幾個關卡、每個關卡的詳細內容如何、預計的人力配置……等，接著要試玩每個遊戲，畢竟理想跟現實總有差異，有些遊戲的企劃書看似完美，實際玩起來卻有很大的問題，所以需要不斷修改，直到整個大地遊戲可以順利執行；而隊輔組的工作則是帶領學弟妹參與活動，通常是兩個人帶領六到八位學弟妹，由於系上的人力不太充裕，所以有不少人是活動組同時兼任隊輔的職務。

玩遊戲是接近心儀對象的大好機會，因為很多遊戲都必須兩兩一組，而我事先暗中知會安排隊輔工作的人，把我跟傅偉誠配在同一個組別裡，所以理所當然的，我們可以一起玩遊戲。

其實身為學長姐的我們很無聊，最大的樂趣不過就是看學弟妹玩些有點身體接觸的遊戲，例如：咬著短短的吸管，然後兩人要用吸管傳遞橡皮筋。

有時候遊戲就是娛人也自娛，我跟傅偉誠在試玩遊戲時，老實說還蠻開心的，可以跟他有近距離接觸，而他似乎也沒有刻意避諱。

讓我印象最深刻的是，我們有安排學弟妹跳簡單的雙人舞，那支舞被規劃在晚會活動中，所以是屬於比較浪漫的舞蹈風格。某天晚上，我們就在操場排練，那時已經快要半夜了，操場幾乎沒什麼人，夏日晚風輕輕吹拂著，同學們兩兩一組，配著優雅緩和的音樂翩翩起舞，我還記得傅偉誠拉著我的手，那感覺很踏實，他的手很大很厚實，有幾個動作，我們必須面對面，距離非常近，只要雙方再稍稍往前，就可以親吻到對方，而我們就這樣相視而笑，有點小尷尬，但其實內心雀躍不已，那頭小鹿都快衝出胸口在跑道上奔馳了。

十月中，系上宿營辦在福隆的龍門露營度假基地。

宿營的確有種神奇的魔力，一群人離開校園，到達一個陌生的地方，要密切相處三天，原本不熟的人，可能因為這幾天變成好朋友，但朋友間也可能因為突然發現對方的真實面，而逐漸互相討厭、疏離彼此。

宿營連續三天，我幾乎都和傅偉誠與同組的學弟妹待在一起，不得不說，傅偉誠真的很完美，即使前一晚，大家因為討論活動事宜到凌晨三點多而睡眠不足，隔天他還是全身充滿活力，並沒有因此變得脾氣暴躁，甚至連一絲絲的不悅都沒有。

更令人難忘的是發生在第二天的小插曲，那天下午大家正在進行大地遊戲，我因為沒注意到草地上有微微隆起，而不小心跌倒，還輕微地扭傷腳踝及擦傷，這時傅偉誠立刻衝到我身邊。

「妳還好嗎？」他盯著我的腳，一臉擔心。

「還……可以啦，不過好像有點扭傷。」其實還蠻痛的。

「來，我帶妳去醫護組那邊。」然後他就直接把我抱起來。

說真的，我那時候應該臉非常脹紅，我作夢也沒想到他會這麼做，但我又更加確信，我在慕尼黑的朋友所說的塔羅牌預言，應該快要實現了。

我的預感果然很準，宿營結束後的隔週，傅偉誠就約我去看了David Dobkin的電影「大法官」，沒想到剛好沒票了，於是改看David Fincher的「控制」。

雖然這部電影很棒，不過老實說，並沒有非常適合一對正在曖昧中的男女觀賞。

走出電影院時，兩人走在西門町的街道上，星期三的晚上，路上行人竟意外地多。

「妳覺得如何？」傅偉誠笑笑看著我。

「很棒，不過好像有點太重口味了。」我也笑笑看著他。

傅偉誠哈哈大笑，我也跟著笑了。

「真的，後面我有被嚇到，沒想到一切都是Amy的傑作。話說，妳有沒有覺得這部電影似乎不太適合情侶或夫妻一起看。」

「對啊，未免也太可怕！但反正是電影，應該有點誇張的成分吧，而且Amy就是個心理不正常的高智商瘋女人啊，我想這在現實中應該是很難遇到的吧。」

「這倒是。」傅偉誠微笑著點了點頭。

我們走入捷運西門站的六號出口，搭電扶梯時，傅偉誠站在前面，背對著我，看著他寬厚的肩膀，我相信不久之後，那裡將專屬於我。

伍

星期四晚上大約七點多，傅偉誠下班後回到家，一打開大門，發現屋內又是漆黑一片，摸黑打開客廳的燈，茶几上擺著一張小字條，家甄說她臨時有事出門，晚點才會回來，冰箱裡有下午煮的兩道菜和味噌湯，飯鍋裡頭有飯，加熱一下就可以吃，不必幫她留。

傅偉誠看著字條，心中的不滿再度竄升，罵了一句髒話，他把字條揉爛後丟入垃圾桶。

由於沒什麼胃口，傅偉誠只熱一道菜和半碗飯，另外開了一罐啤酒，配著電視新聞，索然無味的晚餐和乏善可陳的新聞可真是絕配，他心想。

今天早上在巡視分店時才遇到沒禮貌的新進員工，沒什麼厲害本事，說話卻很大聲，被責罵還敢回嘴，最後竟然找了爸媽，一家人下午跑來總公司興師問罪，真的是莫名其妙，這年頭的年輕人到底有什麼問題，不服從上司的指派之外，還敢大呼小叫；下班的路上又塞車，到底台北市的交通什麼時候才能夠順暢一點，傅偉誠真心希望有顆原子彈可以把一半台北市的人炸死，這樣生活環境才能清靜些，老實說他受夠水洩不通的擁擠人潮了。

方才回到家，希望能吃頓晚餐，不用多豐盛，只希望是剛煮好、還熱騰騰的簡單幾道家常菜，在餐桌上和心愛的人聊著今天發生的事情，吃完飯後洗個熱水澡，也許再來一杯擺在櫥櫃裡的紅酒，整天的疲累與煩悶就得以一掃而去，但沒想到今晚家裡又是空無一人，家甄愈來愈常在晚上出門了，而且總是在外頭待到快半夜才回來。

此時，窗外下起雨了，傅偉誠忽然想起臥房的落地窗沒有關上，於是他走上二樓，關緊窗戶。

傅偉誠坐在床邊，看著窗外的路燈，忽然有點懷念五年前剛搬進來時，和家甄一起規劃房子裝潢的時光，那時候為了臥房的落地窗簾要用什麼花色材質，兩人爭論好久，傅偉誠說要深色並且厚重的羅馬簾，在晚上可以遮住外面的光線，睡眠品質才會好，而家甄則堅持要淺色的雙開式窗簾，她喜歡白天陽光穿過淺色布料、灑在房間裡的感覺；兩人都堅持己見，於是最後決定買兩層式的雙開式窗簾，內層是輕薄的白紗，外層是藏青色的厚實亞麻布。

那時候即使因為意見不合而產生摩擦，兩人也可以很快達到共識，甚至欣然接受這樣的不同。

但不知道從什麼時候開始，家甄變得不喜歡與人溝通，此外她還變得暴躁易怒，只要別人不順從她的心意，就會大發雷霆。

傅偉誠記得有次和李家甄為了一個非常離譜的理由大吵一架，傅偉誠平常擠牙膏並沒有固定的方式，有時候從中間、有時候則從尾端擠，但家甄的習慣是後者，所以傅偉誠絕大部分時間也會跟著從尾端開始擠牙膏，那天他不知為何從中間擠，結果家甄為此大動肝火，一直到睡前都還不和他說話。

傅偉誠嘆息著走下樓，收起茶几上的碗盤，走進廚房，邊刷著碗筷，邊懷念起當初家甄還很溫柔可愛的時候。

兩人剛結婚時，家甄很注重情趣，她在廚房做菜時，會只穿一件黑色蕾絲內褲和圍裙，從側邊就可以看到她形狀美好的胸部，傅偉誠站在廚房門口看著這樣的景致，家甄低頭專心地切著空心菜，下半身忍不住起了生理反應，他走到她的背後，從後面環抱著她，並用堅挺的陰莖頂著李家甄渾圓的臀部。

「人家正在忙，不要頑皮，」李家甄嬌嗔：「親愛的，乖，先去外面，待會就能吃午餐囉。」

「可是我忍不住了，想要先吃掉妳。」傅偉誠在她耳邊喃喃低語，雙手伸入圍裙內，開始揉捏她的胸部。

李家甄放下刀具，一隻手撐著流理台，另一隻手往後勾住傅偉誠的脖子，她享受著傅偉誠用寬厚溫暖的手掌搓揉自己的乳房，配合著他低沉的喘息，開始發出舒服的呻吟，那聲音令傅偉誠感到一陣酥麻，他扯下家甄的內褲，先用手指愛撫她的私處，感到濕潤之後，就把已經快要充血到不行的陰莖塞入陰道中，開始奮力往前挺進，一陣肉搏後，兩人很快就達到高潮，全身汗水淋漓，李家甄轉過身，給予傅偉誠一個深情的長吻。

「走，去沖澡！」傅偉誠一把抱起李家甄。

「等等，瓦斯爐還沒關。」李家甄伸手把瓦斯爐火源關掉。

那頓午餐比平常遲了一個小時才開始吃，卻是無比愉悅的一餐，兩人在餐桌對坐，不斷夾菜給對方，也說了許多甜言蜜語。

傅偉誠把剛洗好的餐具放入烘碗機裡，想起過去的快樂時光，不禁有點悵然若失，走回客廳，拿起剛剛還未喝完的啤酒，果然啤酒還是要冰的才好喝，但他仍硬著頭皮把剩下的一口飲盡，然後打開冰箱，再拿罐新的。

看了一眼手錶，才九點半而已，傅偉誠思忖著家甄今晚大概也是十一點之後才會到家吧，同時把電視從新聞頻道轉往政論節目，主持人和來賓正在討論最近某立法委員爆出的性醜聞事件。

大概十點半的時候，門口傳來聲響，家甄在玄關脫了鞋子，經過客廳然後走到廚房，把一袋超級市場買來的食材放進冰箱，兩人從剛剛到現在都沒有說任何一句話。

李家甄從廚房走出來，看了側身臥躺在沙發上的傅偉誠一眼，然後逕自往二樓走去。

「妳今天也是跟魏瑾晨出門嗎？」傅偉誠突然開口。

李家甄停下腳步，沒有轉身，只有「嗯哼」一聲當作回答，然後繼續踩著階梯上樓去了。

傅偉誠站起身，從冰箱拿出一罐新的啤酒，窗外方才停止的雨，此刻又開始滴答作響。

十一點多，傅偉誠洗完澡走進房間，李家甄正坐在梳妝台前，用保養液擦身體，他站在她背後，看著她塗塗抹抹，不發一語。

大概有點受不了這片死寂，李家甄從鏡子裡看著傅偉誠：「你是不是有什麼事情要跟我說？」

「沒有。」傅偉誠仍然站著：「我只是在想，我們為什麼會走到這一步，我突然想不起來原因。」

李家甄的雙手停在後頸，沉默了幾秒，然後開口：「童話故事本來就是假的，根本沒有所謂的公主王子會幸福快樂一輩子。」她的眼神非常冰冷。

「嗯……其實我一直在想，是不是因為我們沒有小孩。」

「我說過了，我不想用小孩來維持婚姻的長度！這樣很虛偽，我不想跟那些夫妻一樣，明明對彼此沒了愛意，卻還是努力裝作深愛對方的樣子，最後生個小孩，透過小孩逃避事實！噁心死了！」李家甄非常激動，甚至用力拍著梳妝台。

「呵，」傅偉誠用鼻子冷哼一聲：「說穿了，妳才是在逃避現實，因為妳害怕負起照顧小孩的責任，所以寧可養隻狗也不願意養小孩，說什麼不想用孩子來延長婚姻的長度，那請問妳現在有好好地維持這段關係嗎？」

「難道沒有嗎？」李家甄站起身，朝傅偉誠尖聲大叫：「我很努力地在扮演你心目中的理想妻子啊！為了你，我辭掉工作，待在家裡打掃、洗米煮飯、親手洗你噁心的襪子內褲，因為你那一句『希望回到家的時候有熱騰騰的晚餐可以吃』，我放棄了我的工作！傅偉誠，虧我出門前還準備好你的晚餐，你怎麼可以這麼自私！你憑什麼否定我為這個家所付出的一切！」

李家甄在大學的最後一個暑假，去了一間知名外商公司實習，因為表現非常優異，當時總經理希望她畢業後可以直接轉為正職。

於是一畢業之後，李家甄立刻進入該公司，因為她企圖心強，而且工作表現亮眼，於是很快地在半年內升遷，當時很多人都非常看好她，認為她很有機會在短時間內坐上公司重要的位置。

畢業後第三年的六月，傅偉誠開口向李家甄求婚，兩人在沖繩美麗的海邊，他為她戴上那枚閃閃發光的戒指，決定要和對方度過終生。

求婚後的半年，也就是兩人新婚沒多久，那陣子李家甄非常忙碌，總公司裁掉了台灣分公司的部分員工，留下的員工必須一個人作兩人份的工作，當時李家甄是行銷部的負責人，常常在辦公室待到半夜才回家。

某天十一點多，當她拖著疲憊的身軀回到家時，傅偉誠坐在沙發上等她，說有話想跟她談談。

「妳這陣子好像都很晚回來？」

「是啊，公司很忙，每天都有一堆事情要處理。」李家甄一邊說，一邊解下頭髮的綁帶。

「妳這樣忙，身體還可以嗎？」傅偉誠投以擔心的眼光。

「沒辦法啊，當上組長要承擔更多責任。」她轉轉脖子，立刻發出「喀」的一聲。

「其實我希望，妳不要這麼辛苦，老實說，妳也不用這麼辛苦的，我的餐廳生意最近已經愈來愈穩定，各分店營運狀況都很好，我們並不缺那個錢，不是嗎？」傅偉誠伸出右手，摸著家甄細滑的臉頰，然後再用他的雙手把她的雙手緊緊包覆住。

「可是……」

「而且，我希望回到家的時候，有熱騰騰的晚餐可以吃。」傅偉誠笑得很溫柔：「妳知道嗎？這對一個男人來說，是最夢寐以求的事情。」

「嗯，我知道。」家甄也笑了。

三個月後，李家甄向公司提出辭呈，在家當起了全職家庭主婦。

老實說，剛開始她還挺享受這份新工作，起床後悠閒地吃早餐，然後打掃、整理屋子，有時候午餐因為只有自己吃，所以可以隨興些，甚至出門用餐也沒問題，下午休息一會兒，出門採買需要的食材，回到家後就開始準備晚餐，迎接偉誠下班；雖然雜務不少，但卻不像在公司那樣地緊張，也沒有同事之間的勾心鬥角、冷嘲熱諷，她真的很不喜歡同事自私的嘴臉。

可是這樣的日子過了三年，李家甄便開始懷念起以前上班打卡的日子，累歸累，但相較之下，多了份成就感。

於是她跟傅偉誠提出返回職場的想法，卻沒料到傅偉誠竟然拒絕了，他覺得家裡的經濟狀況沒有問題，李家甄不需要為工作這麼拚死拚活，更何況家務也需要她來處理。

「其實，我們可以請別人來家裡來打掃。」李家甄提議。

「我不喜歡外人在家裡出入的感覺，而且妳去上班後，一定又要常加班，可能比我更晚回到家，我說過，我想要一到家就能吃到妳親手準備的飯菜，即使是值晚班，很晚回到家，只要能吃到妳煮的一碗麵當消夜也足夠了，因為我習慣妳煮的味道，我也不希望回到家時，屋子老是冷清清、沒有人的感覺。」傅偉誠非常堅持，甚至勞煩李家甄的母親來說服女兒。

「在外頭工作賺錢這種事就交給男人啊，女人結婚後就是要好好照顧家裡，你們倆結婚這麼久了也沒小孩，一定是因為妳之前工作太忙吧！現在好好待在家裡啦，不要一直去想工作，然後趕快生個孩子給媽抱抱，好不好？」李家甄沒想到連母親都這麼說。

最後李家甄只好放棄重返職場的念頭，雖然總經理還是很希望她能夠回去，也曾經到家裡拜訪，但傅偉誠在一旁，態度非常強硬，最後總經理只得摸摸鼻子離開。

那年農曆春節，李家甄和傅偉誠一同回娘家，四個人坐在餐桌吃晚餐，李家甄的媽媽煮了一大桌菜。

「好啦，這是最後一道，來吃吧！」李家甄的媽媽端著一道豬肉絲炒高麗菜。

「媽，其實就我們四個人，不用煮這麼多啦。」李家甄心想這麼多菜，根本吃不完。

「唉唷，我想說偉誠家那邊可能沒吃到像樣的年夜飯，就多準備一些呀，吃不完就明天吃嘛。」李媽媽坐下：「大家趕快吃吧！偉誠，你多吃些沒關係。」李媽媽夾了一大塊東坡肉給偉誠。

傅偉誠的父母在他國小六年級的時候過世，當初他們為了要參加傅偉誠的畢業典禮，不小心開太快闖紅燈，結果被砂石車硬生生撞上，當場輾斃，後來傅偉誠就交由一直未婚的大伯父扶養，不過他也在兩人結婚後的隔一年過世了。

雖然不曾說出口，但其實李家甄還蠻慶幸傅偉誠的父母雙亡，她以前就常常很擔心未來要跟公公婆婆住在同一個屋簷下，更無法想像逢年過節，要跟男方家的一堆親戚往來，更遑論要和妯娌們相處，光用想像的就令李家甄毛骨悚然。

不過很幸運地，傅偉誠的父母都已過世，而且他還是家中獨子，親戚也不算多，大部分的年紀都很長，或著早就沒有聯絡，基本上過年過節時，不需要去擔心那一塊。

不過每次只要回到娘家，看著父母明明貌合神離，全家人卻還硬要坐在一起吃飯，李家甄便感到頭皮發麻，每次都坐立難安，老實說，她並不喜歡帶傅偉誠回家，也許是因為父母的感情不美滿，讓她有點沒有自信，不過傅偉誠也沒有問過這方面的問題就是了，也許他在裝傻，也或許父母真的很會演戲，所以傅偉誠沒察覺出來吧。

「話說，你們兩個人什麼時候要生個孫子給爸和媽抱抱呀？」李家甄的媽媽突然開口。

李家甄在心中咒罵，心想：難道都沒有其他問題可以問嗎？

「媽，妳別急啦，家甄前陣子太忙了，要先好好休養，把身體照顧好，等身體準備好，就自然會懷孕啦！」傅偉誠說。

「是唷，那別讓我跟妳爸爸等太久啊！前陣子隔壁的月妹嬸才剛抱孫子，整個人神氣的樣子，我看得好忌妒呢！」

「會啦會啦，很快就會有的！」傅偉誠笑著說：「媽，這紅燒獅子頭真的非常好吃耶！」

李家甄輕聲嘆口氣，她真的很討厭每次回娘家要被這樣問東問西，有時候還有其他親戚在，根本是種酷刑。

「家甄，妳後來還有打算要回去公司上班嗎？」方才一直沒說話的父親突然開口。

「沒有，原本想再工作的，不過後來還是覺得算了，假如回去的話，以後可能又會忙不過來。」家甄口是心非。

「那就好，我告訴妳，女人還是應該以家庭為重，好好在家裡相夫教子才對，別老是想著要在外面拋頭露臉，我說過了，妳工作再努力、爬得再高，一旦有了丈夫小孩，還是要回歸家庭，與其到時候白忙一場，不如現在就乖乖當個好妻子，然後趕快生個孩子，女人有了丈夫和孩子才是完整的。」父親說完這段可怕的言論時，李家甄看到母親的臉瞬間垮了下來。

「嗯，我知道的。」她夾了一口高麗菜，瞬間覺得沒有食慾。

家甄可以理解母親的心情，雖然父親在外面花天酒地和亂搞女人，但母親卻願意忍氣吞聲沒有和他離婚，說明白些，其實是無法跟父親離婚，因為母親一旦沒有了父親，就等於廢人，沒有養活自己的謀生能力，更沒有勇氣面對那些外人的閒言閒語。

真的好可怕啊！即使母親深深明白這些道理，卻還是希望自己的女兒能扮演好世俗價值所認可的妻子與母親，難道她不明白自己就是因為不能經濟獨立，才會活得沒有尊嚴，才只能低聲下氣地繼續跟父親生活嗎？即使父親對她頤指氣使、拳打腳踢，也只能默默躲在角落哭泣、舔著傷口，擦乾眼淚後繼續假裝沒事，繼續任憑父親對她呼來喚去，或者只是個發洩性慾的合法工具，比下人、妓女還不如。

李家甄忽然感到屋內好冷，一陣噁心感湧上，剛剛才硬吞下的食物，好像都快要從胃裡衝出嘴巴。

父親、母親還有傅偉誠，她看著圍坐在同一張桌子的其他三人，頓時感到孤立無援，她忽然發現自己竟然如此孤單，一個是希望她不要再去工作、當個聽話乖女兒的父親、一個是希望她趕快生小孩、做個好媽媽的母親，最後一個是要她每晚準備好晚餐消夜、乖乖守在家裡當個好老婆的丈夫。

為什麼就是沒有人願意傾聽自己到底想要什麼呢？

吃完晚餐後，李家甄就急著說要準備回家，雖然母親一再挽留兩人留下來過夜，但李家甄實在不想繼續待著，一秒都不願意，她只想立刻逃離這個原本應該要給她安全感的地方。

當晚回到家，李家甄和傅偉誠大吵一架。

「我告訴你，我不會生孩子的！」一進門脫完鞋，李家甄就忍不住對著傅偉誠大喊。

「所以妳要讓妳爸媽難堪？也讓我難堪？」

「難堪？我怎麼讓你難堪了？」

「每次在店裡聊到和小孩有關的話題時，同事都會問我什麼時候才要跟太太生小孩，你知道我有多沒面子嗎？我們一直沒小孩，他們還以為是我的問題，以為我那方面有問題，所以才一直生不出來。」

「好啊，說來說去，你也只是為了自己的尊嚴，根本沒有仔細想過我的感受，什麼希望我好好待在家裡照顧身體，怕我累壞，其實根本是怕我事業成就比你高，你會掛不住面子吧！你無法想像同學會大家見面，討論彼此的工作時，會發現我在工作上的表現比你成功。」李家甄冷笑著。

「妳少開玩笑了，妳以為自己在那間公司能坐上多高的位置？副理還是總經理？妳的薪水根本不可能比我高！」

「呵，傅偉誠先生，索思薇餐飲的創辦人，全台灣不過就三間分店，到底有什麼好驕傲的？更不要說那些錢還是我爸贊助你的，還有那些人脈也是透過我爸介紹的，你以為憑你自己的實力，能做到什麼？」家甄的雙眼瞪得好大，一副張牙舞爪的樣子。

傅偉誠張口想說些什麼，卻又把那些話吞回去。

「怎麼樣，說不出話了嗎？因為全都被我說中了，對不對？」李家甄踏上階梯，然後轉身睥睨著傅偉誠：「說穿了，你根本沒有什麼值得誇耀的能力，不要以為擁有幾間店就可以囂張，也不想想那些是怎麼來的，你以為創業這麼容易嗎？你之所以能成功，是因為和我在一起，是因為我家的資助，你才擁有現在的成績，老實說你根本沒有什麼能耐，想想看你的合夥人付出多少，你只不過是個掛名的老闆而已！」說完，李家甄用力踩著樓梯，彷彿她踩的是傅偉誠的自尊心。

傅偉誠沒有說話，只是惡狠狠地瞪著李家甄的背影，恨不得能把她從樓梯上拽下來，再把她的頭拿去撞牆，砸到稀爛為止。

此時，傅偉誠看著李家甄對著自己大吼的樣子，當初那想要痛打她一頓的感覺又湧出了。

「那你倒是說說自己對這個家有什麼貢獻啊，傅偉誠，我告訴你，即使你現在擁有的事業成功了，也沒什麼值得驕傲的，因為你當初能夠順利創辦索思薇，全是靠著我爸的幫忙，你給我聽清楚，你根本沒有那個實力與能耐！」李家甄用手指著傅偉誠。

「妳說夠了沒有？」傅偉誠低吼。

「當然還沒！我還沒說完呢，再告訴你，我恨透你了，你這噁心卑鄙無恥下流的懦夫！你以為我不知道嗎？你跟我結婚其實只是為了我家的財產，沒說錯吧？」李家甄看著傅偉誠用愈來愈兇狠的眼神怒視自己，就知道自己說對了，她正中紅心，狠狠戳進他內心最不堪一擊的地方：「你一定很好奇我怎麼知道吧？是我無意間從你朋友那邊得知的，傅偉誠，你真的很偽善，我還以為你是個翩翩君子，沒想到你也是個眼中只有錢的凡夫俗子，真是噁心透了，我瞧不起你這種沒能力的男人，你給我滾，你沒資格和我一起睡在這張床上！」李家甄用極高頻的聲音叫著，食指還朝著房門的方向比。

李家甄那尖銳的怒罵聲不斷刺痛著傅偉誠的耳膜，傅偉誠終於忍不住咆哮：「妳到底胡說八道完了沒啊！妳這賤女人！」然後，瞬間往李家甄撲過去，用力一巴掌把她打倒在地上，李家甄立刻放聲大叫，但這反而更激怒了傅偉誠。

傅偉誠拉扯著李家甄的頭髮，走向衣櫃，拿出一坨襪子就往她嘴裡塞，李家甄不斷反抗，但還是敵不過傅偉誠的蠻力，接著傅偉誠把她壓在床上，從背後扯下她的內褲，不由分說地把手指插入李家甄的下體，李家甄用力呼救，但聲音卻被口內的襪子抵消，聽起來只是微不足道的反抗，她奮力地掙扎著，卻被傅偉誠用拳頭狠狠捶了後腦杓，一陣暈眩感襲來，她感到無比害怕，李家甄有種預感：自己可能會死在這男人手上，於是她使盡力氣，試圖想轉過身，但傅偉誠只用一隻手，就輕輕鬆鬆地把她壓制在床鋪上，然後李家甄又挨了好多拳，傅偉誠彷彿殺紅了眼，不斷地痛打李家甄，拳頭如落石般砸在她的後腦與背部，李家甄只能用身體承受這一切並發出哀嚎，過了一會傅偉誠脫下褲子和內褲，用原本拿來痛毆李家的手掏弄著自己的陰莖，幾秒後他就充分勃起了，於是傅偉誠便硬生生插入李家甄的下體，一陣撕裂的痛覺襲來，李家甄忍不住放聲尖叫，雙眼湧出淚水。

「不要啊！停下來！」李家甄含糊不清地哭喊著。

「幹死妳這個賤貨，看妳還敢不敢亂說話！」傅偉誠壓著李家甄，下體猛力突刺，然後用手抓住她的頭髮：「喏，看看妳這副賤樣！」

傅偉誠強行拉起李家甄的頭，李家甄被迫看見自己鏡中的模樣，她忍不住閉起眼睛，淚水再次滑落。

「怎麼？不敢看嗎？快瞧瞧妳這副欠幹的樣子啊！婊子！」

最後，李家甄緊閉雙眼，停止無謂的抵抗，強忍著下體無比的痛楚，只盼這漫漫長夜可以快點過去，她在心中祈禱，希望再次睜開雙眼之時，還能夠看見明天的太陽。

陸、李家甄

一起看過電影後，時序很快地就進入冬天，木柵靠山，冬天經常下雨，因此天氣總是又濕又冷，不過十二月始終是個讓人充滿期待的月份（扣除商店店員們都戴起愚蠢又可笑的聖誕帽或著麋鹿角髮箍，還有公車上無限循環播放的耶誕歌曲），總覺得會有什麼好事發生，所以儘管連續半個月都必須撐傘出門，也還是不影響我的好心情。

聖誕節那天晚上，我跟籃球隊隊員以及球經們一起去東區的夜店玩，那晚大家都玩瘋了，有個學長甚至直接在舞池中間脫掉褲子跳舞。

傅偉誠大多時間都跟他的兄弟們待在一起，而我也和其他球隊經理坐在一塊聊天，但我們時不時就會有眼神交流，一旁的學姐察覺到了，拍拍我的手臂。

「家甄，妳在跟誰眉來眼去呀？」學姊挑了挑眉毛。

「咦，是誰是誰？」其他人也一臉興奮地湊過來：「嗯，讓我猜猜看喔，應該是……偉誠吧？」

「是偉誠嗎？」

我笑了笑：「對啦！」

猜對的學姐跟她身旁的人擊掌，甚至還高興地「唷呼」一聲。

「什麼時候開始的啊？」

「我們還沒交往啦。」

「所以算是在……曖昧中囉？」

「嗯，可以這樣說啦。」我的眼神飄向傅偉誠，湊巧他也看過來，其他幾個學姐學妹見狀，都對著他露出奇怪的笑容。

傅偉誠用嘴型問我：她們在幹嘛，我聳聳肩表示無奈。

這時，一個學姐站起身走向男生群，把傅偉誠拉了過來。

「學弟，都不用跟學姊說一聲喔！」他才坐下，立刻就有三個學姐包圍住他。

「咦，說什麼？」傅偉誠看起來有點被嚇到。

「你跟家甄啊，不是快有好消息了嗎？」

「還沒啦，我沒這麼說好嗎？」怕傅偉誠會感到有壓力而不自在，我趕緊跳出來打圓場。

「那八字有一撇了嗎？哈哈。」

「喂喂，你們在一起的時候，一定要馬上告訴我喔！球隊已經好久沒有這種粉紅色的戀愛泡泡了呢！」學姐們笑成一片，看起來都有點醉了。

「好啊，沒問題，有好消息一定會跟大家說！」傅偉誠則是一臉誠懇。

旁邊幾個學姐學妹又開始大呼小叫，四周的人全都往這邊看過來。

「欸，妳們克制點啦！很丟臉耶！」我笑著說。

「那大家把空間留給小倆口吧！」學姐說完，她們就立刻跑到男生那邊，只見學姐嘴巴一開一合，不知在說些什麼，幾個男生紛紛轉過來，還朝傅偉誠比了個大拇指。

「啊，抱歉，讓你為難了。」

「不會啦！我很開心啊，覺得挺有趣的，我們辦宿營的時候，也是喜歡看學弟妹之間迸出火花啊，不是嗎？」

「哈哈，對啊。」我看著他澄澈的眼睛，他也直視著我，忽然感到有點害羞，於是我稍微低下頭。

「家甄，要不要去跳舞？」

「好啊！」我點點頭。

「走吧！」傅偉誠拉著我的手，往舞池走去。

台上ＤＪ放的音樂是Lana Del Rey的Born to Die混音版，我們沒有跟著節奏搖擺，而是隨著專屬於我們兩個人的步調，優雅起舞。

我們互相凝視著彼此，彷彿世界已經停止運轉，身邊的人也都消失，只有我們兩個才是真實存在的。

如果可以，真想就這樣永遠不停地繞著傅偉誠旋轉，因為在我心目中，他正是最閃耀的太陽。

聖誕節過幾天，就準備迎接跨年，跨年前兩天的中午，系上球隊剛打完和會計系的比賽，一起離開體育館時，傅偉誠問我三十一號晚上有沒有空。

「有啊，怎麼了嗎？」

「想約妳一起去看夜景，可以嗎？我知道一個很棒的地方。」傅偉誠的臉頰有點紅紅的，很可愛。

「可以啊，我有空。」原本魏瑾晨和她的幾個朋友，約我一起去她家開跨年派對，不過那並不重要，所以我立刻打電話給她，說我跨年當晚有其他約會了。

然後，當天一回到家，我迅速打開衣櫃，一邊尋找跨年那天要穿的衣服，一邊期待著跨年夜的到來。

十二月三十一號，因為白天還有必修課，所以晚餐就到學校附近一家很知名的德義式餐廳，雖然店裡很多人，但我完全不介意，畢竟這是個特別的日子，不應該為了一點小事破壞好興致，我點了燉飯，傅偉誠則點了德式臘腸，據說都是這間店的招牌菜。

整晚傅偉誠都表現得很棒，像個紳士，就如同我心中的理想王子，幽默風趣、優雅、帥氣又有禮貌，簡直完美地無懈可擊。

用完餐，他提議先在附近走走，於是我們就沿著醉夢溪的河堤散步，還遇到幾個系上的同學，大家閒聊了幾句，最後不免俗得互相祝福新年快樂並道別。

將近十一點的時候，傅偉誠和我慢慢走向學校正門口對面、郵局旁邊的機車停車場，他打開坐墊下的置物箱，把一頂安全帽遞給我，還親手幫我調整扣帶的鬆緊。我坐上後座，發動車子前他提醒我要抓好，並且抓著我的雙手環住他的腰，我可以感覺到自己的雙頰非常灼熱。

接著，兩人往老泉街移動，他在停紅燈時跟我說待會要往高處騎去，可能會有點冷，上山時，在路邊看到一間明德宮，過不久，他就轉過身跟我說到了。

「哇，好美！」我忍不住發出驚呼，這裡的夜景很棒，雖然以前曾經在文化大學、貓空和象山看過夜景，但我更喜歡這裡，這邊多了份靜謐感。

「走吧，那邊有個涼亭，在那看更棒。」他用手指著方向，離我們停車處左側不遠、稍高一點的地方有個亭子。

站在亭子的視野又更好了，更棒的是這邊的人不多，算一算還不到二十個人，大概這裡尚未發展成知名的賞夜景地點吧。

「這個地方是我高中朋友上個月推薦給我的，不錯吧？」

「真的好棒，這裡的夜景好漂亮，而且人也不會太多，上次去文化大學，那邊的人潮就太多了，還有小販在賣香腸。」

「對啊，看夜景就應該像這樣，安安靜靜地享受。」說完，傅偉誠笑得有點得意。

「偉誠。」我看著他。

「怎麼了嗎？」

「謝謝你帶我來這。」然後我露出完美的笑容。

他笑得很開心，並把我摟入他懷中，過了幾秒，他把我稍稍推離，雙手搭在我肩上。

「那……我可以問你一個問題嗎？」

「是什麼問題呢？」雖然早已猜到他想問的事，但還是故作不知情。

「家甄，妳，願意跟我在一起嗎？」我看著他誠摯的眼神，瞳孔宛如鑲著星子似的散發著堅毅的光芒，但又有點緊張的感覺。

「我，當然願意啊！」

他的表情一掃剛才的緊張模樣，瞬間綻放成燦爛的笑容，他再次把我用力地擁入懷裡。

「好像快要倒數了呢！」

「是啊，剩不到三分鐘了。」他看著手錶。

我轉身朝著１０１大樓的方向，傅偉誠站在背後，用雙手環住我。

「準備好迎接新的一年了嗎？」耳邊是他溫柔的聲音，熱氣噴在我的右耳，軟軟癢癢的。

「準備好了。」我輕輕地撫摸著他的手臂。

「五、四、三、二、一，Happy New Year！新年快樂！」旁邊一群人高喊，點起了仙女棒，此時遠處的１０１也放起煙火，看著一瞬即逝的絢爛煙花，我默默許下願望，希望可以跟傅偉誠就這樣，直到永遠。

彷彿聽到我的心願似的，傅偉誠將我轉過身，並吻了我。

一個如童話故事般神奇並且美好的吻，令周圍的喧囂全部消失，只有彼此的心跳與呼吸聲還持續著。

我記得那晚的風很冷，但身體和心裡都充滿著無限暖意，我知道自己將不會再害怕漫漫的寒冷冬夜，因為我已經找到了專屬於我的太陽，我將繞著他旋轉，生生不息、永不停歇。

柒

星期五的晚上八點多，魏瑾晨和李家甄相約在捷運科技大樓站附近的一間泰式料理餐廳，這間餐廳在網路上的評價幾乎都很正面，雖然價位稍稍偏高，但因為店內裝潢與服務態度都極好，餐點也無可挑剔，所以還是吸引許多人光顧。

兩人坐在餐體最裡面的四人座，約在這裡還有個好處，就是座位之間都會有隔板或植栽，而且各桌間的距離還非常寬敞，基本上只要不大聲喧嘩，就不會被旁人聽到談話內容。

「怎麼了，妳看起來一副心事重重的樣子？」點完餐後，年輕的女服務生收走菜單，魏瑾晨看李家甄從剛剛見到面時就不太對勁，而且還罕見地多帶了一個大的側背包。

「唉，說來話長，先給妳看看這個吧。」李家甄脫下薄外套，只見她的手臂上都是傷口與瘀青。

「我的天啊，妳怎麼了？怎麼會受傷成這樣！」

「妳小聲一點，別這麼大聲。」李家甄喝了一口檸檬水：「星期三晚上和他有點意見不合，沒想到……他竟然動手了。」

「妳是說傅偉誠動手打妳？」魏瑾晨一臉不可置信：「他有喝酒嗎？」

李家甄點點頭，「我想他有喝一些酒。」

「但應該沒有喝到真的很醉吧？」

「嗯，當時他身上有很輕微的酒氣，我想應該只是一兩罐啤酒而已。」

「天啊，真是爛男人！」魏瑾晨看起來很氣憤：「所以到底是怎麼一回事？」

「等菜都上齊，我再跟妳說。」

過了二十分鐘，餐點都一一上桌了。

「那兩位的餐點都到齊囉，祝兩位用餐愉快！有任何問題都可以舉手，我會立刻過來為您服務。」服務生說完就微微欠身退開了。

「這道紅咖哩的雞肉很好吃，妳嚐嚐看。」魏瑾晨向李家甄推薦這間餐廳的熱門料理。

「謝謝妳，」李家甄突然有點哽咽：「願意這樣陪我出來散散心，我一個人在家裡實在太害怕了，很怕他又會再次對我拳腳相向。」

魏瑾晨放下碗筷，在李家甄的身旁坐下：「妳還好嗎？所以他到底對妳做了什麼事情？」

於是李家甄將當天的事情，鉅細靡遺地說出來，魏瑾晨一邊聽，一邊露出驚訝的表情。

「我的天，我覺得妳要趕快去醫院驗傷，然後拿到證明，他實在太誇張了！」魏瑾晨氣憤不已，她實在無法相信總是保持著紳士形象的傅偉誠，會對自己的好朋友做出如此可怕的事情。

看著李家甄聲淚俱下，魏瑾晨感到無比心疼，只能把她摟在自己懷裡，希望她可以好受一些。

「家甄，今晚妳就來住我家吧？」用完餐後，魏瑾晨提議。

「嗯，我也是這樣打算的，謝謝妳。不過我現在有點想喝酒，妳可以跟我一起去嗎？」於是兩人搭上捷運，往東區移動。

到達陳峻開的酒吧時，才快十一點而已，不過店裡竟是人滿為患，而且陳峻還很難得地出現在吧檯裡，他平常幾乎都在外面與客人聊天、喝酒。

「哈囉，今晚想要來點什麼呢？」陳峻看到魏瑾晨與李家甄，露出有點壞壞的招牌笑容。

「我要一杯螺絲起子。」

「家甄呢，要喝什麼？」

「嗯……也來一杯螺絲起子好了。」

「好的，馬上來喔！」才一會兒，陳峻就把兩杯螺絲起子放在吧檯上：「免費招待！」

「真的假的，這麼好！」魏瑾晨又驚又喜，拿起兩杯調酒，然後把其中一杯交給李家甄。

「真的啊，感謝今晚兩位的光臨，想說好一陣子沒遇到你們。」

「哪有，我們前幾天有來啊！」

「是喔？可能剛好在忙，沒看到妳們。」

兩人一來一往，李家甄則坐在旁邊，扳著一張臉看他們說笑，不發一語。

陳峻注意到李家甄的異狀，於是開口詢問：「嘿，家甄，妳發生什麼事了嗎？看起來不太開心的樣子。」

「喔，沒什麼啦，懶得說話而已。」李家甄硬擠出一個非常不自然的笑容。

「對啊，我們剛剛去一間泰式料理店，她吃超多的，現在應該是因為肚子太撐了，所以不想動腦筋吧，哈哈！」魏瑾晨趕緊打圓場。

「原來如此啊，是哪一間？好吃嗎？」

「在科技大樓站附近，就是我上次跟你推薦的那間店啊……」

李家甄默默啜了一口酒，然後看著酒杯中冰塊的裂痕，陷入沉思。

凌晨一點多，兩人回到魏瑾晨在萬芳社區租的公寓。

洗完澡後，魏瑾晨拿起一包放在桌上的餅乾，然後打開電視，李家甄則站在窗戶前，看著外面的夜色。

「家甄，妳有想過之後該怎麼辦嗎？」

「嗯？」李家甄轉過頭，她沒聽清楚魏瑾晨剛剛問的問題。

「我是說，妳總要面對這件事，但接下來要怎麼做呢？」魏瑾晨把電視音量稍微轉小。

李家甄繼續看著窗外，似乎在思考著，魏瑾晨坐在沙發上，看著她的背影，無法想像自己如果被心愛的另一半施暴到底是什麼感受。

「妳會想離婚嗎？家甄。」

「我想他應該不會答應的。」

「不過還是得試試看吧，如果妳不敢單獨面對他，就把他找出來，我陪妳一起跟傅偉誠談這件事。」

「沒關係，這件事我自己處理就可以了。」李家甄的口氣很果斷。

「好吧，那……妳答應我，千萬要好好保護自己，如果談不攏也不要勉強，最重要的還是妳的安全，知道嗎？」魏瑾晨很擔心傅偉誠會再次失控。

「放心，我知道，我會小心處理的。」李家甄對魏瑾晨微微一笑：「我睏了，先去妳床上躺著休息囉。」然後就往魏瑾晨的臥室走去。

不知道為什麼，魏瑾晨看著李家甄的背影，忽然有種很不安的預感，不過她自我安慰，一定是自己想太多，家甄向來都知道如何拿捏分寸，她這次想必也能夠好好解決這個難關的。

隔日中午，和魏瑾晨一起吃過午餐後，李家甄回到家裡，車子停在門前，不過傅偉誠跟威爾斯都不在，可能是去附近的公園遛狗了。

李家甄坐在飯廳的餐桌椅子上，想起星期四晚上發生的事情，還是覺得心有餘悸。

那一晚，傅偉誠達到高潮並在她體內射精之後，就去浴室沖澡，而李家甄趴在床上，不敢相信剛剛所發生的一切，她在這世界上最深愛的男人，不但出手毆打她，甚至對她做出如此噁心下流的行為，李家甄突然從床上爬起來，衝到樓下廚房拿起一把菜刀，然後又衝到二樓的浴室門口。

「傅偉誠，你這禽獸，你給我出來！」她用力拍打著浴室的塑膠門，蓮蓬頭的水聲戛然而止。

浴室的門打開，傅偉誠用浴巾圍著下半身，冷冷地看著李家甄：「妳想幹什麼？」

「我要殺死你！你這齷齪下流的噁心東西，你還是不是人啊！」李家甄歇斯底里地狂吼。

「別傻了，妳是不可能對我動手的，乖乖把刀子放回去吧。」傅偉誠看起來非常冷靜。

「你說什麼！」李家甄把菜刀高舉。

「我說，妳根本不敢動手殺我，妳連殺魚都會怕，怎麼可能殺我呢？」傅偉誠冷笑著：「我要去睡覺了，妳就繼續鬧吧，我不會理妳的。」說完，傅偉誠就直接繞過李家甄，彷彿她是個不存在的人，一點威脅性都沒有。

李家甄舉起的右手緩緩垂下，然後跪倒在地上，她開始流淚，但卻沒有哭出聲，她為曾經深深愛著、如今卻傷害她的男人而哭，也為自己的懦弱而哭泣。

不知過了多久，臉頰上的淚水早已乾涸，李家甄慢慢站起身，她走回臥室，看到傅偉誠背對著自己，發出輕微的鼾聲，真不敢相信他可以如此安穩地睡著，李家甄拿起放在床頭櫃的隨身包包，輕輕走下樓，先把菜刀放回廚房的抽屜裡，然後走出大門，不知道要去哪裡，她只是不想待在這個家，但也許這個地方根本不能叫做家了。

就這樣在便利商店呆坐了一個晚上，店員時不時投以關心的眼光，但李家甄不想理會周遭的一切，她心中只想著幾小時前發生的事情，實在太可怕，這真的不是一場夢嗎？這應該只是場惡夢而已吧？

想了一整夜，天空慢慢轉亮，先是幾個早起運動的人經過，接著開始有幾個學生和上班族進到便利商店裡買早餐，李家甄看著玻璃外的陽光，覺得好刺眼，她好想躲起來，這充滿朝氣的早晨一點都不適合自己，於是她逃出便利商店，卻忽然發現自己無處可去，她不想回娘家，父母親肯定會叫她不要把事情鬧大，霸道蠻橫的父親絕對會說她太沒用、不能討先生歡心，而懦弱無能的母親也只會在一旁幫腔，說身為女人就該順從先生，忍一時風平浪靜，不要為了點小事情就回娘家哭哭啼啼的。

最後李家甄還是回家了，不過她等到十點多，看到庭院中傅偉誠的汽車不在，才敢放膽走入屋內，家中擺設一如往常，卻變得如此陌生。

她迅速洗個澡，然後換上乾淨的衣服，並且用一個較大的側背包，裝入幾套乾淨的換洗衣物。

李家甄走下樓，撥了通電話給魏瑾晨，問她現在是否有空。

「抱歉，我今天白天都會在店裡，不然我們約晚上好嗎？去上個月我們吃的那間韓式料理店。」魏瑾晨的語氣很急迫，似乎急著想掛電話：「那先這樣喔，晚點聯絡，掰！」

李家甄怕傅偉誠可能會突然回家，於是又匆匆準備出門，但是卻好死不死，遇到隔壁的陳太太。

「欸，傅太太，妳要出門旅行啊？」手上提著兩個超商塑膠袋，感覺是剛去採買東西。

「不是啦，這些是要借我朋友的衣服，現在要拿去給她。」李家甄急中生智，隨口編了一個謊。

「這樣啊，那我要進屋裡去準備午餐啦，下次再聊！」

「好，下次聊。」李家甄鬆了一口氣，立刻走出社區，到路邊攔下一輛計程車，打算找間人不會太多的咖啡廳，在那邊等魏瑾晨下班，總之不能留在家裡，她心想。

忽然，李家甄的思緒被大門開啟的聲音拉回現實，傅偉誠穿著運動套裝，看到李家甄似乎有點訝異，不過立即顯露出一臉不屑的模樣，用輕蔑的眼神打量她。

「真難得妳會在家裡，今天星期六，不是應該要和魏瑾晨在外面到處鬼混嗎？」傅偉誠語帶諷刺。

不過李家甄假裝沒聽到挑釁：「我回來，是想跟你談談。」

「哦，妳還想談什麼？該不會是想要跟我道歉，希望我們倆能重修舊好吧？」傅偉誠走向冰箱，拿出一瓶罐裝奇異果汁，看都不看李家甄一眼。

「當然不是，在你做出那些噁心無恥的行為後，我就沒有奢望我們能夠重修舊好了。」李家甄忍耐著怒意：「我是來跟你談離婚的。」

「是嗎？」傅偉誠一臉毫不在乎的模樣：「但我想是沒什麼好談的，因為我絕對不會答應。」

「你就寧可眼睜睜看我們恨著彼此，然後互相折磨嗎？」李家甄咬牙切齒，她的理智線已經快要斷裂了。

「互相折磨？我們沒有在互相折磨啊，說句實話，妳根本沒有對我造成什麼痛苦。妳說的沒錯，本來童話故事就是假的，貌合神離的夫妻滿街都是，現在我已經釋懷了，我選擇接受現實，反正我們各過各的也沒什麼不好啊。」說完，傅偉誠就往樓上走去。

「我不會讓你好過的！傅偉誠，你以為我不知道嗎？你不願意跟我離婚，是因為覬覦我們家的財產對吧？你這吃軟飯的懦夫！」李家甄對著傅偉誠的背影大吼。

傅偉誠緩緩轉過身，歪嘴一笑：「李家甄，妳知不知道，妳現在這副德性看起來有多狼狽，妳的威脅在我聽來，不過就是喪家犬的吠叫，一點殺傷力也沒有。」

「我會去醫院驗傷，然後上法院告你，我要訴請離婚！你休想再從我們家得到半點好處！」李家甄惡狠狠瞪著站在樓梯間的傅偉誠。

而傅偉誠也不甘示弱，從上而下俯視著她，「別傻了，妳以為我們是第一天剛認識嗎？妳根本就沒有那個膽去法院告我，因為妳最怕丟臉，一旦事情鬧大了，大家只會說妳是個有問題的妻子，一定是因為妳沒有盡責任扮演好妻子的角色，我們的婚姻才會出問題。還有，別忘了，妳爸媽也絕對不會同意妳把這件事情張揚開來的，他們有多怕沒面子，我想妳比我更清楚。」傅偉誠就這樣帶著得意的笑容，以勝利者的姿態走上樓。

李家甄佇立不動，聽著樓上浴室傳來沖澡的水聲，怒意不斷燃燒，燒得全身滾燙，她緊握拳頭，恨不得可以揍爛傅偉誠那張令人痛恨的臉。

她從未想過，一個原本深愛著的人，竟然可以表現出如此令人憎恨的模樣，以及說出那樣恬不知恥的話。

捌、李家甄

跟傅偉誠交往，是一件很愉快的事，如果有人問我，他是個怎樣的人，我會不假思索地回答：傅偉誠真的是一個很完美的情人（並搭配一個幸福到不行的微笑）。

大學二年級的寒假，趁著農曆過年前，我們一起去台南玩，跟台北濕冷的冬天相比，台南的冬天非常舒服，再加上這個古都之城特有的舒緩步調，是個討喜的地方，讓人感到無比放鬆。

三天的行程，他騎著機車載我到了許多觀光景點，不免俗地去看了歷史課本都會提到的安平古堡、億載金城還有赤崁樓，參觀古蹟對我來說並不是個有趣的活動，不過只要跟傅偉誠在一起，即使造訪再無聊的地方，也可以變得很開心，因為他總是可以把很多本來無聊的行程變得有趣，也許跟他相處就是一件快樂的事吧！

第二天的下午，我們一起到了台南的熱門景點之一——觀夕平台，才四點就有不少遊客。

我們倆手牽手，那天天氣非常好，冬陽照在身上暖暖的很舒服，我和傅偉誠說說笑笑，即使有一半的內容都非常沒營養，但只要是與他待在一起，就算什麼也不做，也不算虛度光陰，因為那全部都是最好的時光。

「大約還要半小時才會日落。」傅偉誠看著手錶，時針快要指到數字五了。

「嗯嗯，好期待！」

「太陽落下的那一刻，我可以親妳嗎？」金黃色的陽光照在他迷人的臉龐上，看得我頭暈目眩。

「死相！」我故作嬌羞，用拳頭輕輕捶打他厚實的胸膛。

兩人相視大笑，旁邊的路人都轉頭看我們，我相信在那些人眼裡，我們一定是全世界最幸福最快樂的一對情侶！

接下來的半小時，落日漸漸西沉，彷彿什麼神奇魔法，身邊的人都安靜下來，大家看著眼前的景色，或許都像我一樣感動不已。

此時，傅偉誠輕捧著我的臉，緩緩地靠近，我慢慢閉起眼睛，感覺到他的嘴唇觸碰到我的嘴唇。

當我們再次睜開眼，太陽已完全沒入地平線。

「走吧，去逛夜市！」他笑著對我說。

「好，出發吧！」

兩人牽起手，往停車的地方走去。

提到台南的夜市時，大多數人第一個想到的多是花園夜市，但其實武聖夜市才是台南歷史最悠久的夜市，我個人覺得武聖夜市很棒，比起花園夜市人滿為患，武聖夜市逛起來顯得比較自在，傅偉誠也稱讚武聖夜市旁的停車場很方便，他還跟我說知名棒球選手王建民最愛的就是這個夜市。

武聖夜市的攤位非常多，我們面對眾多選擇，不知該如何吃起，最後決定到處買、到處吃。

「我覺得我快脹死了。」傅偉誠摸著肚子。

「這裡好吃的食物真的太多了。」我的情況也沒有好到哪裡，有點懊悔在他面前吃這麼多。

「不過我蠻意外妳的胃口竟然不小，在我認識的女生裡，應該算得上很會吃的。」他似乎感到很新鮮。

「平常有克制啦！但今天真的太開心，一不小心就失控了。」

「其實時間也不早了，不如就回去吧，妳還有想買什麼嗎？」

我搖搖頭：「已經逛得差不多，走吧！」

傅偉誠再次牽起我的手，看著他帥氣的右邊側臉，不禁有點入迷，他忽然轉頭對我一笑，我再次覺得自己是這地球上最幸福的女人。

我們住的度假公寓，是傅偉誠在網路上找到的，位在北區成功路上，還記得第一天下午要入住時，搭電梯到了十二樓，迎接我們的是一位打扮隨興的女子，她領著我們走進房間，跟網路照片上看到的沒什麼出入，整個房間布置都是藍白色的仿地中海風格，白牆讓房間看起來非常光亮整潔。

「這房間很棒呢！」傅偉誠放下行李，環視著房間。

「對啊，我好喜歡！」我笑著對傅偉誠說：「你好會選喔！」

傅偉誠被讚美得有點得意，他走過來：「那我要妳的親親當作獎勵。」

於是兩人的吻再次觸碰，就這樣在房間耗了兩個多小時，我們踏出房間時天空都已經黑了。

「家甄，妳要先去洗澡嗎？」從武聖夜市回到房間後，傅偉誠一邊脫外套上衣，一邊問我。

「你都脫衣服了，就先去洗吧。」

「好啊，那妳等我一下，我很快就好。」說完，他就拿著毛巾進浴室了。

我隨意轉著電視頻道，今天晚上好像沒什麼好看的節目，最後選定了西洋電影台，才剛剛理解劇情應該是男主角遭人惡意陷害，被誤認為是殺人兇手，結果遭到警方通緝，傅偉誠就打開浴室門走出來。

「你好快！」我驚呼，從進去浴室到出來，前後還不到十五分鐘。

「對啊，我洗澡本來就洗很快，而且想說不要讓妳等太久。」他赤裸著上身，只穿了一條深藍色的緊身低腰四角內褲，好身材嶄露無遺。

「那換我去囉。」我跳下床，拿著睡衣走進浴室。

其實我特意選了一件白色、還有點透明的上衣，下半身是一件紅色的棉質小短褲，收拾行李時，先在房間的全身鏡前搭配過，我想這樣穿，應該不會太誇張，但又不失魅力吧。

洗完澡走出浴室，傅偉誠正趴在床上看電視，是我剛剛在看的那部電影，我站在房間的一角吹頭髮，背對著他。

忽然，意識到背後有人，傅偉誠的手從後面攬住我的腰，嘴巴的熱氣噴在後頸上，我感覺到隔著褲子薄薄的布料，有根棒狀物在磨蹭我的臀部。

我放下吹風機，手指輕輕劃過他的皮膚，傅偉誠的身體肌肉在微微顫抖，呼吸也變得更加濃濁。

我的手指繼續在傅偉誠身上游移，他終於受不了，把我轉向他，然後壓著我的肩膀往下，我明白他的暗示，於是蹲下，用手愛撫著他那已經堅挺到不行的陽具，接著緩緩把他送入口中，聽到上方傳來傅偉誠舒服的叫聲，我加強力道，並加快吞吐的速度，傅偉誠忽然「啊」的一聲，把他的陰莖從我口中抽離，然後他抱著我到床上，一邊親吻著我的胸部、一邊用手輕輕撥弄我的陰蒂，我感覺到下體開始濡濕，接著他的頭往下滑，開始用舌頭挑逗我，身體變得燥熱，似乎有什麼在體內不安分地竄動，我緊握他的手，開始發出酥軟的呻吟。

「我可以……進去嗎？」傅偉誠看著我：「放心，我有戴保險套。」

我點點頭，接著感覺到他慢慢地進入我的身體，溫熱的觸感從下半身傳遞至全身，他先是輕柔地動著下半身，然後逐漸加速。

「這樣可以嗎？」他詢問我。

「可以，很舒服。」我嬌羞地回答。

傅偉誠得到了我的正面回應，開始加大擺幅，強烈地衝撞我的身體，而隨著他的節奏，我也感受到難以言喻的快感，肌肉開始緊繃，下體在急劇收縮著，我緊抓著偉誠的雙臂，他似乎察覺到我的身體反應，也更賣力地衝刺，接著，一股電流穿透全身，腦袋瞬間空白。

下一刻，當我恢復意識，傅偉誠已經趴在我身上，劇烈喘息著，我捧著他的臉，兩人相視而笑，我知道就在剛剛，我們已經達到了完美的結合。

台南之旅過後，我覺得和傅偉誠又更加契合了，有時甚至不需要特別用言語說明，我就能知道他心中真正的想法，他對我亦是如此。

剛開始交往的時候，他並沒有高調得立刻在臉書掛上「穩定交往中」的狀態，其實我也很慶幸他沒有那樣做，因為我覺得會刻意在社交網站上更改感情狀態，昭告全世界自己正在談戀愛的人，跟魏瑾晨都是差不多的笨蛋。只有在愛情世界裡對自己沒有自信的人，才會巴不得告訴大家：「你們看，我正在戀愛呢！我很棒，因為我有人愛！」，那些人必須透過愛情，透過別人的眼光，才能確立自己存在的價值，真是可笑極了。

不過隨著時間一天天過去，傅偉誠似乎愈來愈敢表達對我的喜歡，例如每次系上球隊練習和每場比賽我一定會到，只要他投出好球得分，我都會大聲為他喝采，而他也會轉頭對我眨眼或飛吻，雖然身旁的人會故意說我們很噁心、太閃，但我們不避諱在外人面前展現對彼此的愛意，因為我們是真心地喜歡對方。

當然，兩人偶爾也會吵架，畢竟每個人的生活習慣、生長背景都不同，有差異、有摩擦是正常的，例如：我非常不喜歡約會的時候，傅偉誠總會小遲到，有次就為這件事起了點爭執，我覺得準時是種基本尊重，他認為小遲到難免，畢竟路上的狀況很難預估。

「正是因為路況很難準確預測，所以才更要提早出門啊，你想想，我出門前還要化妝打扮，比你費時多了，但我都可以提前到達，我想這對你來說應該也不是難事吧？」經過我的勸服，後來傅偉誠就從未遲到過。

偶爾意見不合，其實是為了讓彼此發現不同之處，一旦發現，只要兩人理性溝通，就有辦法解決，最重要的是，今天為了某件事生氣，就要在今天睡覺前解決，否則夜長夢多，問題常常會在隔夜之後變得更加棘手。

兩人的感情之所以能長久，除了先天條件能互相配合，後天的努力也非常重要，我深信自己絕對配得起一個完美，並且永遠愛我的男人。

就這樣過了大學三年級和四年級，很快就要面臨畢業，雖然大多數同學都打算延畢或是考研究所，但我跟傅偉誠並不想跟他們一樣，我計畫畢業後就去以前實習的外商公司上班，而傅偉誠想要先當兵，在服完役之後，和幾個朋友共同創業。

六月畢業後，我開始進入忙碌的上班族生活，傅偉誠不久也收到兵單，先去受訓，然後被分配到桃園八德的龍蟠營區，幸好離台北不算太遠，放假就可以見面，一解相思之苦。

就這樣過了一年，偉誠的兵役總算結束，回到台北後，開始計畫和朋友一起開創自己的事業，他和其他三人，都是大學認識的朋友，總共三男一女，從四年級時就開始討論，所以很快地就有了明確的目標。

有一天，傅偉誠跟我在東區一間抹茶店吃晚餐，他問我，是否能借他二十萬，他們已經看中了公館的黃金店面，但簽約需要的訂金還不足，他們又不想向銀行貸款，所以決定來問我。

看著他誠摯的眼神，並且有條理地訴說未來開店的種種，那張有著夢想的臉龐散發出迷人的光芒，深深地吸引住我，於是我二話不說，立刻從自己的戶頭匯給他二十萬元。

一個月後，傅偉誠的第一間餐廳——索思薇——開幕了，店內高級的歐式裝潢，以及中等價位的美食，馬上受到大眾歡迎，每天都門庭若市，在競爭激烈的公館商圈成功殺出一條血路。

看著他的成功，我也感到驕傲不已，不愧是我的男人。

二零一九年的聖誕夜，我們在大安區的一間高級餐廳慶祝，傅偉誠忽然提議隔年夏天想去沖繩玩。

「咦？怎麼會突然想去那裡？」我將剛切好的牛排放入口中。

「因為今年七月的時候，有個員工去沖繩玩了一個禮拜，她回來一直跟大家推薦，說那裡很棒。」傅偉誠一臉興奮，像個小孩子似的：「我想說，已經好久沒有出國旅遊，不然明年去一趟，平常我們都這麼忙碌，是該好好放鬆一下，妳覺得如何？」

確實，自從前年去泰國玩了兩個禮拜，之後我跟傅偉誠就沒有什麼時間出國散心，頂多去個北海岸或著宜蘭。

「好啊，那就這麼決定囉！」他拿起紅酒杯，兩人的玻璃杯輕輕觸碰，發出好聽的清脆聲響。

「聖誕夜快樂，親愛的。」

二零二零年的六月中，我向公司請了九天的假，和傅偉誠一起飛往沖繩島。

只要脫離平常忙碌的日子，其實也不必刻意做什麼，就能讓人覺得輕鬆不少，傅偉誠看起來也是一副興致很高昂的樣子。

彷彿回到第一次跟他去台南旅行的感覺，自從畢業後踏入職場，覺得自己變了好多，為了免於同事間的勾心鬥角，要開始學習如何自我保護，不知不覺中，好像也變成一個容易猜疑的人，只要有工作夥伴對自己示好，就不禁會想對方是否別有居心。

我們主要在南部區域活動，去了那霸市、南豐原町還有最後兩天的南城市，倒數第二天的下午，我們到了南城市玉城的新園海灘，是個非常漂亮的天然海灘，白色的沙子、綠色的海水以及晴朗的蔚藍天空，再加上沖繩六月的天氣不會太熱，實在很舒服。

「家甄，我去上個廁所喔。」當時我正沿著海水和沙灘的邊界漫步著，偉誠忽然走到我身邊。

「嗯，去吧。」

「我待會就回來。」

我繼續走著，不久後，覺得有點累，於是就稍微退離海水，坐在沙灘上看著這片宜人的美景。

突然，有個年紀大概才國小一、二年級的小女孩跑到我身邊，說她有個朋友想認識我，然後就直接拉起我的手往另一頭走，我一直問她是什麼朋友，不過那個小女孩只是不斷對著我傻笑，正當我感到有點恐懼時，有個人從背後點了我的肩膀。

我轉頭，看見一個身穿西裝的男人，還非常突兀地捧著一束玫瑰花。

「偉誠，你怎麼會穿成這樣？」這時，小女孩鬆開我的手，笑嘻嘻地跑走了。

「家甄，」傅偉誠用單膝跪下：「我們從二零一三年開始當同學，後來因為球隊而愈來愈熟，我慢慢發現妳是一個很棒的女人，於是對妳展開追求，二零一四年的最後一天，在老泉街看夜景，然後我們在一起了，一直交往到現在，也已經五年半的時間，其實畢業後沒多久，我就已認定妳是我這輩子唯一的女人，那時候我就發誓要娶妳為妻，而這樣的想法從來沒有變過，還隨著時間變得愈來愈強烈，所以現在，我想問妳一個問題。」

我笑著期待那個問題。

「家甄，請問妳願意嫁給我嗎？」說完，他打開了一個酒紅色的戒指盒，裡面是一枚鑽戒。眼眶似乎有點濕濕的，我用力點著頭：「我願意！」然後伸出左手，傅偉誠則緩緩地將那枚戒指套入，大小非常吻合。

他站起身，用力地抱住我，我也緊緊抱著他，這時才聽到旁邊有幾個不認識的人在叫好，我朝他們揮揮手，然後將頭埋進偉誠的胸膛，傾聽他的心跳聲，確認這樣的幸福並不是我的幻想。

回到台灣後，我和偉誠都沒閒著，籌備婚禮是件非常細瑣又浩大的事情，光是要邀請哪些人就夠傷腦筋，再加上父親在生意上有往來的人，名單變得非常複雜，我幾度差點和父親吵起來，我覺得這是我的婚禮，他不應該插手，但他還是非常堅持，最後只好讓步，讓他邀請那些生意夥伴來湊熱鬧。

挑禮服、拍婚紗、訂飯店、宴客的菜單、尋找婚禮的工作人員……畢竟是一生一次的重大里程碑，我希望自己都能親手參與到，但還有公司的事情要處理，所以那陣子忙得天昏地暗，幸好偉誠也幫忙很多，並適時地給我鼓勵，替我紓解壓力，這讓我更加確定，他一定是我生命中的天使，是我這輩子注定的男人。

婚禮前一晚的半夜，我緊張到睡不著，在床上翻來覆去，於是撥了通電話給他，響了快一分鐘傳偉誠才接起。

「親愛的，怎麼了嗎？」聲音聽起來有點啞，大概是從睡夢中被吵醒，不過並沒有不開心的感覺。

「偉誠，我有點緊張，睡不著。」

「這樣啊，那妳要不要起來，出門跑個步？」

「唉唷，你別開玩笑啦！」說完，我們兩個都笑了：「對了，剛才打電話給你的時候，你已經睡著囉？」

「還沒耶，半睡半醒而已，我還以為我夢到手機響，結果是真的響了。」電話那頭傳來床鋪摩擦的聲音，偉誠大概在翻身：「家甄，不用緊張啦，明天都會很順利的，妳一定會是我最美的新娘。」

「那你也一定會是全世界最帥的新郎！」

傅偉誠爽朗的笑聲傳來，聽起來讓人心安不少。

「突然好懷念大學的時光喔！」

「對啊，那時候真的很無憂無慮呢！現在出社會才明白，原來當學生還是最幸福的。」

「真慶幸我們還能這樣相愛。」

「要永遠這樣愛下去喔！」

「好啊，打勾勾約定。」

就這樣一人一句，從學生時期回憶到現在的日子，不知不覺就過了三個多小時。

「啊，好晚了呢！」我看到床頭櫃的鬧鐘，顯示已經兩點半。

「對呀，快點睡吧，明天還有很多事要忙呢。」傅偉誠打了個大呵欠。

「那跟你說晚安囉！」

「晚安，親愛的。」

「愛你。」

「我也愛妳。」

早上五點半被手機的鬧鐘吵醒，幾分鐘後母親敲著我的房門，要我趕緊吃早餐，她說幫忙梳妝的人大概六點就會到家裡來，其實我原本想要簡單一點的，不要有太多繁文縟節，不過父母親希望可以遵循古禮，所以最後協議還是保留大部分禮節，不過兩老也同意我們訂婚、結婚在同一天舉行，以及在晚上宴請賓客。

不久後，家裡一片熱鬧，親戚朋友陸續到達，我在房間裡聽到一樓充滿笑鬧聲，看見鏡中畫著新娘妝、穿著旗袍的自己，竟然有點陌生，很快地，我就是傅太太了，真是奇妙啊！

快九點時，外面響起鞭炮聲，有人大喊「新郎來囉」，母親輕敲房門，然後探頭進來，告訴我偉誠快要到了。

這時，擔任「好命婆」的小阿姨笑嘻嘻地走進房裡，「等一下我會帶著妳去客廳，奉茶的時候別緊張，按照我之前跟妳說的那樣做就可以了！」

我點點頭表示知道，原本不緊張的，被她一提醒反而有點提心吊膽，但後來心一橫，想說既來之則安之，今天是我的日子，根本沒什麼好怕的。

走出房間後將茶一一端給偉誠的親友，接著回到房間等待，過了一會再出去把塞著紅包的茶杯收回。

奉茶結束後，我和偉誠要互相交換戒指，二伯父在一旁停醒不能將戒指套到底，否則未來會被對方吃定，不過我沒有很介意就是了；這時才有機會好好看他，沒想到他在幫我套上戒指時，突然擺了個俏皮的鬼臉，害我差點笑出聲。

然後由偉誠的大阿姨代替男方母親，幫我帶上一條金項鍊以及耳環，我母親再幫偉誠戴上金鍊，老實說這些金飾都還蠻俗氣的，但想想只是個形式，我也就笑笑接受一切。

接著婚禮攝影幫大家拍了幾張合照，訂婚儀式到此算是結束，於是偉誠先行離開，而我立刻回房間換上另一套禮服，準備迎接結婚儀式。

十點半的時候，外頭再次傳來鞭炮聲，伴娘們拿出事先設計好的關卡故意阻攔偉誠，從大門、樓梯還有我房間門口，總共有三個關，我在房裡等候著，聽到大家的笑聲，偉誠果然是討眾人喜歡的男人。

「好啦，恭喜你完成所有難關！」魏瑾晨打開房門：「新郎來囉！」

「家甄，真是不好意思，讓妳久等了！」偉誠看著我，一臉調皮的模樣。

我只是笑著搖搖頭。

「別三八了啦，快點快點！」另一位伴娘馨怡，推著傅偉誠往我走來。

偉誠手捧花束，走到我面前，接著用單膝跪下，再次向我求婚，我微笑點點頭說「我願意」，親朋好友們一邊拍手一邊歡呼。

結束之後，先祭拜家裡的神明祖先，看著手中的線香緩緩燃燒，白色的煙霧繚繞，心中竟有點傷感；然後要拜別父母親，這時難過的情緒真的湧上來了，眼眶熱熱濕濕的，我看到母親也流下眼淚，而父親把我扶起身，並替我蓋上了白色頭紗，臨走前我抱了抱他們，準備上車前往偉誠家。

擔任媒人的二伯母撐起黑傘，陪我從家門走上禮車，車子啟動時，我將手中的一把扇子丟出車窗外，很想回頭看看父母，卻惦記著二伯母剛剛再三叮嚀的話：不可以回頭，於是還是忍住，想一想其實也沒有分隔太遠，不禁笑自己剛剛為何會如此不捨。

十一點左右到了偉誠家，相較之下，這邊的親友人數就少些，不過正好，我不想應付太多人。

這時，偉誠的小堂弟用喜盤端著兩顆蘋果，走到我這邊的車門旁，用腳輕踢了一下，並為我開門，我用手摸一下蘋果，並將一個紅包給他，接著二伯母繼續撐傘，和我一起走入偉誠家。

偉誠的大伯父先帶著我們祭拜祖先，然後向偉誠父母的牌位行禮，我與偉誠再互相行禮，偉誠替我掀開頭紗，他的樣子很認真；之後就是所謂的「入洞房」，這時有人端上兩碗甜湯，碗內都各有六顆湯圓。

「來，你們先各自吃三顆，然後再餵對方吃，這代表永浴愛河、白頭偕老！」二伯母笑著祝福。

我與偉誠互看一眼，吃完湯圓，結婚儀式終於告一段落，我在心中鬆一口氣，慶幸沒有出什麼大問題，上午就這樣過了，像場夢似的，不過還無法完全鬆懈，晚上還要準備宴客，想到這我就有點頭疼，而偉誠像是能夠看透我的心思，用手摸摸我的背。

「辛苦啦，我美麗的新娘。」頓時，方才的疲倦全都消失。

我期待著今天過後，我們將永遠並且完全屬於彼此。

稍作休息，我和傅偉誠就前往預定好的高級飯店，四點半開始彩排，我們要練習走位，雖然先前已經排練過，但畢竟結婚是人生的大事，還是謹慎些比較好，排練結束後，我回到新娘休息室補妝、做造型，外頭則交給偉誠招呼陸續到場的眾多賓客們。

待在休息室裡面真的挺無聊，但至少不用在外頭接待那些貴賓，因為扣除掉我和偉誠的親友們，還有絕大多數的人，都是父親在商界認識的生意夥伴，以及一些毫不相干的立法委員、市議員，甚至還有新聞媒體業的人到場，我可不想硬堆著笑臉，跟那些與我沒有關係的人打交道。

一邊吃新娘餐，一邊和我的髮妝師米可聊天，米可是個可愛的女孩，非常活潑健談，我還與她分享新娘餐，因為實在太緊張，再加上禮服非常地緊繃，根本很難有胃口與閒情逸致吃完一整份餐點。

晚上七點，比預定的時間晚了半小時，婚宴才正式開始，偉誠沒說錯，大部分的人都不會準時。

「婚禮要準備開始了喔，我們先去門口吧。」婚禮秘書劉小姐打開新娘休息室的門，並帶著我走到宴會大廳的門口，父親已經先在那邊等候了。

父親看到我時，露出和藹的笑容，老實說，雖然因為父親長年外遇導致夫妻感情出問題，連帶也影響到父女關係，使得我和他一直都不算親密，但在此時此刻，看到他對我笑，還是很令人感動的。

我挽著他的手，在場外靜靜等待著。

「讓我們歡迎最美麗的新娘子進場！」隔著門，聽到主持人有活力的聲音，接著，會場大門往左右兩邊緩緩打開，場內的燈光照映在我與父親身上，我們慢慢步入婚宴廳裡，紅毯兩側簇擁著親朋好友，大家都搶著用相機、手機拍照，鎂光燈此起彼落，而不遠處，我看見偉誠就站在前方，左手捧著花，右手拿著麥克風，微笑看著我，一道光環圍繞在他身旁，彷彿是個天使。

父親帶著我，走到偉誠面前，這時偉誠用單膝跪下，對爸爸說了一段話，發誓他會永遠保護我，不會讓我受到一丁點的委屈，還有許諾在未來的日子都將與我相知相惜，語畢，父親把我的手，交給偉誠，把我寄託給這個值得信賴一輩子的可靠男人。

這時全場歡聲雷動，我與偉誠接受所有人的祝福與掌聲，緩緩走向紅毯的另一端。

「各位，讓我們歡迎新郎新娘，還有雙方的家長上臺吧！」主持人再次用她充滿朝氣的聲音宣布接下來的流程。

我和偉誠站在中間，我的父母與偉誠的大伯父分別站在兩側，首先是偉誠的伯父先向賓客們道謝，然後換我父親說話，因為事先有溝通過，希望致詞不要太冗長，所以父親只是簡短說幾句就作結。

接著，工作人員把一個壓克力透明盒以及兩顆玻璃球交到我們手上，玻璃球上面分別寫著「愛」與「包容」，我與偉誠各執一顆，並將玻璃球放入透明盒子中，再一起用鑰匙，把盒子牢牢鎖上。

「是的，把愛與包容放入盒子裡，這也代表著新郎與新娘將會一生一世相愛並包容彼此。各位來賓，接下來新人要向大家表達最高的感謝，謝謝大家今天在百忙之中抽空參加他們的婚禮，所以台上的新人與台下的來賓，讓我們一起把酒杯舉起好嗎？」

我們將酒杯高高舉起，這時我偷偷瞄了偉誠一眼，他也看著我，視線對上時，他把我的手再次握緊。

與來賓們敬完酒，我跟偉誠走下舞台，到主桌坐下，和幾位重要的親人再次敬酒，開場儀式算是告一段落了。

「是不是要準備到每桌去敬酒啦？」偉誠在我耳邊輕聲提醒。

「是啊，我要去換第二套禮服了。」

「辛苦妳了。」他用一臉心疼的表情看著我。

「不會啦，一生就這麼一次，很值得！」然後我站起身，向座位上的其他人說：「不好意思，我先去換個禮服，各位請慢慢享用。」

「快去吧。」坐在我右側的母親回答。

換好了第二套禮服，是一件方便走動的改良式旗袍，雖然是用黑色當基底，但前面繡了兩隻飛舞的火紅鳳凰，再加上合宜的剪裁，所以當初一看到這件衣服，就立刻決定要在婚禮時穿上它。

一桌一桌跟來賓敬酒，真的是這場典禮中最不討喜的環節，扣除掉我與偉誠認識的親友之後，剩下的四十桌幾乎都是父親商界裡的朋友，以及一堆硬是透過關係參加的人，雖然只需和他們隨便聊上幾句以及敬酒，我還是非常受不了，我實在受夠那些看起來毫無素養，卻總愛假裝自己是上流階層的大老粗，令人感到反胃。

敬酒結束後，換上第三套也是最後一套禮服，是一件藕色的魚尾式禮服，雖然很多人都說藕色難穿，但我相信自己白皙的皮膚與這件禮服一定能完美搭配，事實證明我的想法沒錯，這件禮服也同樣受到大家的讚賞。

晚上十點整，婚宴進入尾聲，我和偉誠站在大廳門口送大家離開，不少人都對偉誠說，能夠娶到我當妻子是他上輩子修來的福氣；看著他們一臉開心地離開，想必對這場婚禮都感到心滿意足，也算是為我跟偉誠的大日子，畫上一個圓滿的句點。

最後一位賓客離開會場後，偉誠親了我的臉頰一下：「親愛的，妳今天辛苦啦！」

是啊，但一切都值得，因為從今天開始，我就是傅太太，一個全世界都會羨慕忌妒的幸福女人。

結婚後的一個月，我們在萬美街找到一棟剛落成的社區型透天屋，離捷運辛亥站非常近，周遭生活機能也很棒，經過思考後，兩人決定一起在此，築起屬於我們的愛巢。

搬入新居雖然累人，但只要看著我們一步一步把這個家整理好，讓這棟房子充滿我們努力過後的痕跡，就能感受到無比踏實。

真的是快樂得難以言喻，彷彿伸出手就可以觸碰到幸福的輪廓，我想我們應該會這樣陪伴彼此，直到生命終止的那一天吧。

玖

魏瑾晨還是很擔心李家甄的情況，星期五在餐廳看到李家甄一邊哭、一邊訴說傅偉誠對她所做的一切，讓魏瑾晨感到心疼不已。

在她心目中的李家甄雖然有點驕縱蠻橫，但仍有許多討喜的地方，再加上外貌姣好，異性緣多到不勝枚舉，用源源不絕來形容李家甄的桃花一點都不誇張，這樣的女子對男性來說，理當是受到百般呵護，但現在卻被自己的丈夫蹂躪。

當初李家甄會看上傅偉誠，就是因為傅偉誠不但外表帥氣，也是個談吐風趣且有內涵的紳士，沒想到現在他竟然會成為施暴的人，看到李家甄心碎的樣子，心裡恐怕是對他失望透頂了。

星期六中午吃過飯後，李家甄說她要回家一趟，雖然魏瑾晨希望她再多住幾天，但李家甄看起來意志堅決。

「我已經想過了，回去之後，我就會跟他提出離婚。」

「那以後的事呢？妳也想好了嗎？」其實魏瑾晨一開始是支持她離婚的，可是後來又覺得這個想法似乎過於魯莽，畢竟當初自己離婚後，也嚐到許多苦頭，光是重新找工作就讓魏瑾晨吃了不少閉門羹，還要忍受旁人的指指點點，這個社會對離婚的女人終究還是很殘酷的。

「放心，我都想好了。」李家甄看著魏瑾晨，眼神裡沒有一絲猶豫。

魏瑾晨知道李家甄是個固執的人，於是選擇不再多說，她知道即是說破嘴，也不可能改變李家甄的決定。

「那妳自己要小心。」

「嗯，謝謝妳的叮嚀，我會小心的。」說完，李家甄就告辭了。

一直等到星期六的傍晚，李家甄才傳訊息給魏瑾晨，她說傅偉誠不願意離婚，不過她會找到辦法的。

魏瑾晨問她是什麼方法，不過李家甄都沒有讀訊息，電話也沒有接。

「妳在打電話給誰啊？」何宥勳看魏瑾晨整晚不斷拿出手機，一副心神不寧的樣子，桌上的酒也幾乎沒喝。

「打給家甄，不過她都沒接。」

「她怎麼了嗎？」

於是魏瑾晨把她所知道的事情，完完整整地都告訴何宥勳。

「什麼？也太誇張了吧！」聽完之後，何宥勳也是一臉不敢置信。

「是啊，所以我才很害怕家甄會不會又有危險。話說，你都沒有從傅偉誠那邊得知什麼消息嗎？」

「完全沒有，我們好一陣子沒聯絡了。」事實上，自從上次傅偉誠到何宥動家拜訪，兩人不歡而散後，就沒有任何聯繫了。

「唉，還真是令人擔心啊。」魏瑾晨皺著眉，又撥了一次電話。

星期日的早上，李家甄才回傳訊息給魏瑾晨，內容很簡短，說她昨晚很早就休息了，剛起床才看到未接來電，也說她跟傅偉誠再次提出離婚的事，不過傅偉誠仍然不肯答應，兩人開始冷戰。

魏瑾晨實在很想去找李家甄，不過因為已經和同事相約吃飯，下午就必須出門赴約。看來只能等到明天再去家甄家一趟，她心想。

當天晚上十二點多，魏瑾晨從捷運萬芳社區站走回家，原本不打算在外面待這麼晚的，沒想到大家興致很好，吃完飯後又說要去逛街買衣服和看電影，於是就在西門町待到快十二點，最後是因為大部分的人要趕著搭捷運，才互相道別、各自返家。

出了捷運站之後，魏瑾晨一邊走一邊低頭用手機，與同事傳訊息，渾然未覺從剛剛就有個人一直跟在她後面。

「聽說最近萬芳社區附近有色狼出沒，住那邊的人要小心喔！」魏瑾晨的同事思涵傳了這則訊息到群組裡。

「瑾晨妳不就住萬芳社區嗎?!」另一個同事回覆。

「哈哈，放心啦！我快到家囉！」魏瑾晨也傳出訊息。

不過魏瑾晨還是在傳完訊息後，轉頭看一下周圍，不知怎的，路上竟然一個人也沒有，以前就算晚歸，也會遇到兩三個在外面運動的人，但這時候卻連隻野狗野貓都看不到。

魏瑾晨感到有點不安，於是加緊腳步，快速朝家裡的方向走去，就在這時，一陣悶響從耳朵後方傳來，魏瑾晨感覺到後腦勺被硬物重擊，視線頓時發黑，整個人往前倒下，失去了知覺。

星期一早上，李家甄起床時，傅偉誠已經出門，她走下樓打開電視，吃著烤土司，忽然一則新聞吸引了她的注意。

「接下來這則新聞，要提醒各位晚歸的觀眾多注意自身安全，台北市的治安真的是愈來愈令人擔憂，昨日晚間十二點多，在萬芳社區發生一件歹徒襲擊單獨返家女子的事件，而這位遭到襲擊的被害者，正是丰宴餐飲董事長魏正峰先生的千金——魏瑾晨小姐，警方表示已經開始著手調查這起案件了，我們請茜茹帶大家更進一步瞭解情況。」

接著電視畫面切換，一位記者走在魏瑾晨家附近的馬路上。

「是的，各位觀眾，根據目擊者指出，當時看到魏瑾晨小姐趴在地下，而兇嫌正試圖要搶走被害者身上的皮包，我們可以透過監視錄影器拍下的畫面看到，兇手就是在畫面中身穿黑色外套、黑色長褲，並且戴著鴨舌帽的這位，當時兇手偷偷跟在被害人身後，趁被害人不注意，便拿著棍棒往被害人的後腦用力敲下，緊接著被害人就倒在地上。根據警方表示，目前已經開始過濾監視系統，希望盡快緝拿兇嫌到案，而被害人魏瑾晨小姐正在醫院接受觀察治療，但由於傷勢嚴重，至今仍是昏迷不醒……」

李家甄不敢相信自己的眼睛耳朵，於是她轉到別的頻道，再次看到同一則新聞，這才意識到不是在作夢，魏瑾晨真的出事了！她手忙腳亂衝上樓，抓起皮包就準備出發到醫院。

李家甄很快就到達醫院，當她打開魏瑾晨的病房房門時，意外地看到何宥勳坐在病床旁邊。

「啊，好久不見。」何宥勳先開口打招呼。

「是，好久不見。」自從畢業後，兩人確實許久沒有碰到面。

上次見到面時，是畢業一年後，在信義區無意間遇到彼此，但也只是匆匆打過招呼，何宥勳說跟朋友有約，於是馬上離開了。

原本以為可以在婚禮時見面，畢竟何宥勳跟傅偉誠是交情還不錯的朋友，但李家甄記得何宥勳當時因為出差，而無法出席婚禮，沒想到此刻卻在這個地方相遇。

「最近可好?距離上次見面，」何宥勳轉了轉眼珠，似乎在思考，「應該是……七年前嗎?」

「嗯，對啊，差不多七年。」李家甄不清楚何宥勳是否知道她最近的婚姻狀況，不過她並不打算主動說出來，雖然大學時有一段期間還算不錯的朋友，不過後來卻莫名地疏遠，確切來說，現在應該稱不上是朋友，既然連朋友都稱不上，也就沒有必要一五一十地透露自己的近況。

於是李家甄把話題轉到魏瑾晨身上：「話說，瑾晨的狀況如何?」

「跟電視上報導的差不多，後腦遭到鈍物重擊，導致腦部挫傷，雖然目前已經沒有生命危險，但還是要住院觀察。」

「這樣啊……對了，魏伯父、魏伯母有來嗎？」

「有，不過他們在妳來之前就離開了，大概還有工作要忙吧。」

李家甄點點頭表示知道，接著兩人都不再說話，病房裡變得非常安靜，只有儀器運作的聲音，氣氛似乎顯得有些尷尬。

「你現在在哪裡任職啊？」李家甄實在不喜歡這種空氣凝結的感覺，於是先開口發問。

「一間公關公司，我目前是數位行銷組的組長。」然後何宥勳話鋒一轉，反問李家甄：「對了，我記得妳畢業後就在外商公司上班，後來怎麼沒有繼續在那邊工作？」

李家甄有點意外，沒想到何宥勳會提起這件事：「喔，其實是偉誠不希望我太累，因為那間公司並沒有像外人所說的那麼好，忙起來的時候每天早出晚歸，再加上我那陣子壓力太大，結果連身體都出毛病，所以才決定辭職，畢竟健康還是最重要的嘛！」說完，李家甄乾笑了兩聲。

何宥勳也笑笑，沒有答話，病房裡再次瀰漫著詭異的氣氛，在空氣中濃到化不開。

「我還有事，先離開啦！」何宥勳看著手機螢幕，從椅子上站起來。

「好的，再見，改天有空的話一起吃個飯吧。」李家甄也站起來。

「好啊，沒問題！」何宥勳走到門口，突然回過頭：「家甄，等妳約囉！」然後開門離去。

目送何宥勳離去的背影，李家甄有點感嘆，不知不覺間，跟以前的同學竟如此疏遠了。

她記得和何宥勳是大學一年級時變熟的，當時李家甄看到何宥勳，覺得這男生長得眉清目秀，是個有質感而且順眼的長相，於是主動跟他聊天，發現兩人挺有話聊的，於是暗中決定要把他拉入自己的生活圈裡頭，起初何宥勳似乎也樂意參與她的社交活動，但之後卻默默淡出，總推說要打工或是與別人已經有約，慢慢地兩人交集愈來愈少，從不錯的朋友變成普通同學的關係，甚至到了大學二年級之後，兩人除了系上的必修課，平常根本不會遇到，而且上必修課時，何宥勳似乎都有意無意地避開可以互動的機會，於是兩個人最後近乎是變成陌生人。

李家甄看著躺在病床上的魏瑾晨，祈禱她可以早點醒過來，雖然過去並沒有很真心地把她視為摯友，但這次多虧魏瑾晨的幫忙，李家甄才能在最徬徨無助之時，得到安定的力量，也才能夠在這麼短的時間內，下定決心要和傅偉誠分開。

就這樣坐在椅子上一個多小時，李家甄感覺到肚子有點餓，才想起早餐只吃了半片吐司就匆匆出門，於是她決定先回家準備午餐。

走到屋前的小庭院時，威爾斯很興奮地跳著，還吠了兩聲，李家甄蹲下並摸摸牠的頭。進屋後，從冰箱拿出一把白菜和一盒豬肉片，洗菜的時候，她赫然發覺自己的手竟然變得如此粗糙，自來水不斷從水龍頭流出，李家甄就這樣盯著自己的雙手，一直到水滿出流理槽。

李家甄嚇一跳，趕緊把水龍頭關上，幸好溢出的水不算很多，她拿起掛在一旁的抹布，跪在地上擦拭著水漬。

不知怎地，她突然想起剛結婚的時候，傅偉誠都會主動幫忙做家事，那時候李家甄還覺得他真是個體貼的好男人，可是慢慢地，傅偉誠變得非常被動，李家甄猜測是因為工作太忙碌，回到家之後想好好休息，於是平常也不太麻煩他，然而有一次李家甄患上流行性感冒，還不巧地遇到生理期，四肢痠痛加上子宮收縮的劇痛，身體非常不舒服，於是晚餐之後李家甄請傅偉誠幫忙倒垃圾，沒想到他竟然為此發脾氣。

「奇怪，為什麼非要今天倒垃圾？妳就不能明天再拿去倒嗎？」傅偉誠坐在沙發上，對著在廚房洗碗的李家甄發牢騷。

「我也不想麻煩你，可是這袋垃圾已經有點味道了，我怕會引來螞蟻蟑螂。」

「哪有那麼誇張，根本是妳自己懶吧！」

李家甄放下手中的碗，走到客廳：「我現在人不舒服，所以拜託你幫個小忙，你就不能站起身，走幾步到外面那條街上，把垃圾丟進垃圾車裡嗎？這個家不只是我的，彼此體諒一下，分擔家務有這麼困難嗎？」

「現在是諷刺我對這個家都沒有貢獻嗎？」傅偉誠突然大吼：「那妳怎麼不想想，是誰每天在外頭辛苦工作的？我回到家裡，就是要好好休息，現在連這點都做不到，搞什麼啊！」

李家甄被吼得莫名其妙，於是也不甘示弱地朝傅偉誠大叫：「那你怎麼不待在家裡做家事就好，覺得工作辛苦，有種就別做啊！整天抱怨你有多累，到底是不是個男人啊？你以為只有你能賺錢嗎？我告訴你，要是我還待在奧克羅，每個月賺的錢早就超過你了！」

「笑死了，妳以為我不知道妳每天在家有多輕鬆嗎？養尊處優的，哪有什麼事情要做？」

李家甄真的被這句話惹怒了，她每天清掃家裡的環境、帶威爾斯散步，還要出門採買食材並且張羅晚餐，吃完晚餐之後還要收拾與清洗，傅偉誠竟然說她沒什麼事情可做。

李家甄也懶得辯駁，再吵下去連垃圾都無法丟，那樣味道會很不好聞，於是李家甄走回廚房，把手上的泡沫洗掉，拎著垃圾袋走出家門，正要走回屋內時，遇到隔壁的陳太太。

「嘿，傅太太，妳也出來丟垃圾啊？」

李家甄心想：「這還需要問，不然我像是出來吃垃圾的嗎？」不過她還是對陳太太露出和氣的笑容，「是啊，再不丟就要發臭了呢！」

「就是啊！欸欸，話說剛才妳家發生什麼事了嗎？我聽到有人說話好大聲呢！」李家甄沒想到這人竟然八卦到如此無禮。

「喔，可能家裡的電視音量有點大聲，我先生剛好在洗碗，所以兩個人說話就不知不覺跟著大聲了吧！真是不好意思，打擾到您了！」李家甄露出抱歉的微笑。

「哈哈，不會不會，時間還那麼早，不會打擾啦！對了，傅太太，你們夫妻倆有沒有打算要生個小孩哩？都結婚這麼久了，還沒看到妳懷孕，人家說生小孩要趁年輕，趁現在體力還好的時候，趕快生一生，等年紀大才生會很辛苦唷！」

李家甄感覺到頭開始痛了，「有在計畫啦，不過還是要順其自然，不是嗎？有時候一直想生，反而不會有呢，所以想說慢慢來。」她暗自在心中翻白眼，心想這個保守的老女人未免也管太多，不過才結婚兩年半，根本還沒有很久，況且不生小孩又沒什麼大不了的。

「有在規劃就好啦，我是怕妳不想生，妳要知道，女人家喔，還是要有丈夫跟孩子，人生才稱得上完整圓滿啦！」陳太太說得口沫橫飛，「女孩子再會賺錢也沒有用，我之前看妳都上班到好晚才回家，其實很早就想跟妳說，但一直沒機會，妳這樣早出晚歸，家裡遲早會出問題的，現在看妳把工作辭掉，我也放心多了，我跟我先生說，他也覺得妳當個家庭主婦比較好，賺錢的事就交給妳先生，反正你們家應該也沒有什麼經濟問題啊！最重要的，還是要夫妻和睦，然後趕快生個小孩，我很期待妳可以生個可愛的小娃娃給我抱抱，我相信妳娘家爸媽一定也是這樣子想啦！」

李家甄忍耐著把這一長串話聽完，「呵呵，是啊，不過我家裡還有事情要忙，先回去啦。」

「好好好，我也要回家啦！掰掰！」陳太太揮著手。

「掰掰。」李家甄目送陳太太進家門，然後才轉身走回家裡，頓時感到更加疲累不堪，她不懂為什麼這世界上總有多管閒事的人，喜歡幫別人規劃人生。

獨自走回廚房，把剩下的碗盤清洗乾淨，突然想到還有飯鍋沒刷，於是又默默地與最難處理的飯鍋奮戰，右手臂痠痛到不行，這時傳偉誠的笑聲從客廳傳來，李家甄只想把飯鍋砸到他身上，不過她還是忍住了，好不容易把廚房整理完，拖著癱軟的身體上樓，沒有洗澡就直接躺在床上，李家甄聽著樓下再次傳來傳偉誠歡愉的笑聲，忍不住流下眼淚。

真是不愉快的一段回憶，李家甄心想。

繼續把白菜洗乾淨，轉開瓦斯爐的火，李家甄看著原本平靜的水，慢慢從鍋子底部冒出小氣泡。

一段感情的開始與結束，想必都是有原因的，愛情之所以開始，是因為經過醞釀，最初也許是被對方的臉蛋、身高，甚至是一個笑容、一個舉動所吸引，總之，會因為某個緣由，在彼此心中埋下一顆叫作好感的種子，接著就是看兩人有多努力，去讓這顆種子發芽，可以一起看場美好的電影、一起聊聊生活瑣事，當然也可以說說對未來的期望，從言不及義到交心長談，發現對方和自己有那麼多共通點，也可能是發現對方身上有自己一直渴望的特質，於是種子變成小嫩芽，並逐漸茁壯，隨著愛情愈深愈濃，它將長成一棵大樹，可惜的是，這棵樹也許無法永遠屹立不搖，每段感情會開始，也就意味著隨時可能結束，我們無法確定愛情的保存期限有多長，這需要雙方共同努力，才能一直保持新鮮；可是相愛這回事在某種程度上意味著妥協，而妥協代表著某一方勢必得委屈一些，或著是雙方都退讓，才可以達到平衡，人的自尊心，也常在這樣的過程裡無形地被踩碎，人類是最愛面子的，為了心愛之人，也許可以暫時拋開這些不管，但能維持多久呢？當你為愛妥協，將自己的尊嚴捧出來，讓對方踐踏，你可以一笑而過嗎？你可以不去計較一切，只為了換取心愛之人的快樂嗎？那屬於你自己的快樂呢？愛情之所以結束，也許正是因為自尊受了傷。

水煮開，李家甄丟入麵條、青菜和肉片，過了五分鐘，簡單的一頓午餐就好了，李家甄突然很嚮往這樣輕鬆簡單的感覺，也許一個人才是最好的，想一想，我們不也是一個人來到這世上，然後一個人離開嗎？

她小心翼翼端起鍋子的把手，把整鍋麵直接拿到客廳的長桌子上，然後打開電視。

「哈囉，各位觀眾大家好，我是氣象主播王薇欣，接下來要帶大家看看海神颱風的最新動態，根據中央氣象局觀測，第二十八號颱風海神目前距台灣仍有一千兩百多公里，正以每小時十五公里速度朝西往菲律賓移動，近中心最大風速每秒二十六公尺，七級暴風半徑一百二十公里，不過呢，在海神颱風北轉前，任何可能性都無法排除，颱風可能北轉登陸中國大陸廣東，也可能從台灣東部海面經過，但最壞的情況也可能會登陸台灣，氣象局表示未來不排除發布陸上颱風警報的可能，所以還是請各位觀眾要隨時注意海神颱風這幾天的走向！那薇欣在這裡祝您有個美好的星期一，再會囉！」沒想到都已經十月了還有颱風，李家甄感到有點訝異。

自從上次為了離婚而爭執，李家甄和傅偉誠有如住在同一個屋簷下的陌生人，可能比陌生人還不如，至少陌生人可能會試圖聊上幾句話、試圖瞭解一下彼此，但李家甄和傅偉誠即使在房子裡遇到了，也不會說任何一句話，甚至連眼神都沒有交會，白天傅偉誠出門去店裡上班，李家甄就待在家裡做自己的事，晚上傅偉誠快要回到家，李家甄就會出門，有時候去醫院探望魏瑾晨、有時候在市區到處閒逛，直到凌晨才會回家，通常這時候傅偉誠已經上床睡覺了，李家甄洗好澡，就待在客廳看電視、上網，感到疲倦就直接在沙發上休息，第二天睡到自然醒，當她醒來時，傅偉誠已經出門去了；不過有時候傅偉誠不會回家，大概是留在店裡，或去朋友家，這是李家甄覺得最開心的時候，可以好好享受一個人在家的時光，而且睡在床鋪上總是比較舒服的。

李家甄漸漸對這樣的相處模式感到習慣，反正她樂得輕鬆，不用準備兩人份的晚餐，午餐隨便煮一煮就好，晚上就出門吃，也不必再為了準備晚餐而感到煩惱，因為傅偉誠是個非常挑嘴的人，如果不用心點，他會在餐桌上一直抱怨，並且擺臭臉。

現在一回想起來，李家甄立刻發現傅偉誠有許多不討喜、不貼心的地方，不禁懷疑自己，當初為什麼會對這個男人如此著迷不已。

也許愛情真的會令人盲目吧！李家甄冷笑，不過沒有關係，很快的，一切就會結束。

星期五晚上，由輕颱轉為中颱的海神從台灣東部海上經過，果然如同氣象預報所說，星期三下午開始，因為受到外圍雲系影響，台北就開始變天，下起斷斷續續的雨，而據說今晚的風雨會最大。

已經十一點多了，看來傅偉誠今天晚上也不會回家，李家甄確認過門窗都已關好鎖上，走上樓洗澡，窗戶被風吹得不斷搖晃，但應該還不至於被吹破，於是李家甄吹乾頭髮後，就躺上床準備休息。

看著漆黑的天花板，李家甄心想，如果是以前，傅偉誠肯定會打通電話回來的，而且只要工作一結束，便會立刻趕回家，因為他知道李家甄不喜歡颱風天單獨待在家的感覺，不過如今已沒有什麼值得期待的，傅偉誠昨晚、今晚都沒有回家，不早就說明一切了嗎？她重重嘆了一口氣。

李家甄聽著狂風拍打玻璃的聲音，也許這才是最難適應的一件事吧，到現在還無法很安心地在風雨交加的夜晚獨自睡去。

不過，總要習慣的，傅偉誠已經變了，他再也不是那個可愛的男人，而且不久後，就要展開全新的人生，李家甄閉上眼，對自己道聲晚安。

拾、李家甄

傅偉誠很愛我傅偉誠很愛我傅偉誠很愛……應該吧。

如果是以前，我一定可以毫不遲疑地說出：傅偉誠好愛我，而且是真的好愛好愛（並搭配一個幸福洋溢到爆炸的笑容）。

可是上個星期五發生一件事，那天是我的生日，說好要晚上十點半一起在家吃烤雞慶祝，但傅偉誠卻拖到快十二點才回家，問他原因，他只是敷衍地說餐廳那邊有突發狀況所以耽擱了，這還不打緊，重點是他送了我一支紅色的名牌錶，我記得自己曾經對他暗示過想要一個長皮夾，他當時也接收到我的訊息，但卻還是送了我一支紅色的手錶，而且是我最不喜歡的款式，上面鑲滿水鑽的那種，俗氣到毫無品味可言的一支錶。

但我還是裝作很開心的樣子，高興地抱住他，說我舊的那支錶剛好有點故障，最近在考慮要換新的，因為我總是那樣地體貼、善解人意，我不希望傅偉誠因為我對禮物失望，而感到沮喪。

之後我們一起坐在餐桌旁，享用烤雞大餐和蛋糕，我大概掩飾得很好，傅偉誠完全沒有發現，我其實根本就不愛那支錶。

隔天，我就把它收進衣櫃的最深處，然後繼續戴著原來的手錶，我期待偉誠會注意到這件事，並好奇地問我為什麼沒有戴上他送的生日禮物，然後我會委婉並溫柔地告訴他：親愛的，其實我沒有這麼喜歡紅色搭配水鑽，那支錶很美，但我覺得有點過於招蜂引蝶了，不太適合我。

他會向我道歉，說他最近因為工作繁忙，所以一個不小心疏忽，並且立即獻上我最想要的長皮夾，還有深情的一個吻當作補償。

可是，我等了好幾天，他卻完全沒有發現，他還是一如往常地白天出門上班、晚間下班回家，我們還是如同過去那樣，一起吃晚餐、一起坐在沙發上看著電視新聞或電影，他仍舊喜歡對社會議題發表個人看法，也依然會在看到電影中有趣的橋段時放聲大笑，可是我卻開始不確定，他是否像從前那樣，深深地愛著我。

於是我開始回想，回想還是學生的我們，回想跨年那晚，我們一起看夜景，他向我告白，於是我們開始交往，成為一對令人羨慕忌妒的完美情侶，我總是那麼喜歡和傅偉誠待在一起，因為跟他相處時，我可以很自在地做自己，我可以跟他炫耀說：「今天買了一雙好好看的新鞋子，下次約會時穿給你看！」而他會笑著說好期待；我也可以很撒嬌地在逛街時對他說：「這件外套好漂亮喔——嗯，還是不要買好了，實在太貴，以後再說吧！」但第二天，偉誠就會遞給我一個精美的袋子，裡面正是我想要的那件外套，因為他是如此地愛我，所以總是願意寵我，用盡各種方式討我歡心，即使別人會批評我們的快樂很「布爾喬亞」，但我無所謂，只要我跟偉誠，兩個人能夠開心就好。

我也記得我們去沖繩旅行，他在那片美麗的沙灘上對我求婚，於是我們結為夫妻，一起找房子、一起規劃室內的擺設，共同把這間屋子打造成夢想中的樣子，那個時候，我都還很肯定他是愛我的。

可是從什麼時候開始，偉誠不再如往常那樣欣賞我在廚房做菜的身影、不會在散步時主動牽起我的手、也不會在溫存後對著我輕聲訴說他有多愛我呢？

好像是在他跟我說，他想要個孩子，而我拒絕之後。

我可以感覺到，他不像過去那般懂得察言觀色，正確來說，應該是他開始愈來愈不用心，以前只要我稍微提點，他就能清楚理解我心裡真正想要表達的是什麼，如果他能像以前一樣用心，就能夠在我收到生日禮物時，眼神稍稍的遲疑中，發現我其實並沒有很喜歡那支手錶，可惜現在偉誠好像愈來愈不願意花心思推敲我的話外之意，或是臉部表情細微的變化。

我突然想起前陣子跟魏瑾晨吃下午茶時，她告訴我，傅偉誠在一次朋友聚會時不小心說溜嘴，說他是因為看上我家的財產而娶我，我當時只是笑笑帶過，絲毫沒有把這件事放在心上，畢竟魏瑾晨也是從別人那邊聽來的，我不太相信她們那群八卦姊妹的話，因為事後證明她們所說的通常都只是謠傳，而我也對傅偉誠有絕對的信任，過去他所給我的感動，以及他看著我的眼神，還有他對我許過的承諾、做過的舉動，都證明他是真真切切愛著我的。

可是現在，我突然感到好不安，我突然懷疑我所擁有的一切，是不是都會在一瞬間化為泡影。

傅偉誠很愛我傅偉誠很愛我傅偉誠很愛我……

我必須不斷在心中重複這句話，才能感到一絲舒緩，彷彿它是句神奇的咒語。

我告訴自己，要對偉誠有信心，可是當我想起最近所發生的事、上星期生日那天他的表現，以及埋藏在衣櫃深處的手錶，再對照從前那個完美的傅偉誠——我又開始感到徬徨了。

拾壹

傅偉誠返家時，已經是星期六中午，颱風離開台灣，正緩緩地往西北方前進。

一如往常，李家甄不在家，大概從昨晚就在外面度過了吧，傅偉誠的心裡嘀咕著，但一點都不感到意外，畢竟他早已習慣李家甄老是在外遊蕩。

這幾天，兩人好像不認識，把對方當作看不見的幽靈，而李家甄也有意避開可能會有互動的時間點，晚上傅偉誠回到家，她不會在，而當他要出門時，李家甄還在沙發上睡覺。

冰箱一片空，只有幾罐飲料和調味醬，傅偉誠拿起剩下半瓶的柳橙汁，往嘴裡猛灌，一陣沁涼從口腔經過食道，延伸到胃。

屋子裡安靜得要命，讓人渾身不對勁，於是傅偉誠打開放在客廳裡，一台很久沒用的藍芽喇叭，接上手機，放起惠妮休斯頓的情歌，雖然最近的心情好像不太適合聽這類型的歌曲。

昨天晚上風雨很大，傍晚六點多傅偉誠就宣布提早打烊，他和幾個店員留在店裡做防颱準備，雖然清晨時風勢已經逐漸緩和，但還是不停下著雨，於是傅偉誠決定今天讓大家放颱風假，畢竟雨勢仍然很大，員工上下班都會非常危險，而傅偉誠也打算讓自己好好休息一天。

先玩個線上遊戲，待會如果雨有轉小，就帶著威爾斯出門散步，然後去趟超市買些簡單的東西回來料理吧，晚上再喝點酒，搭配上次沒看完的電影，傅偉誠在心裡擬好行程。

萬芳派出所裡，一位男警員正盯著電腦螢幕，螢幕上是慢速播放的監視錄影器畫面。

「小蔡，怎麼樣了？」另一位拿著罐裝綠茶飲料的男警員問。

「喔，學長，目前已經找到歹徒在萬芳社區站內的畫面了。」小蔡指著螢幕放大的畫面，一個黑衣男子從捷運廁所走出來。

「那還有找到其他線索嗎？」

「呃，只有找到他走出廁所的畫面，卻一直沒辦法找到他走進廁所的時間。」小蔡低下頭。

「那得加把勁啊！魏瑾晨的父親昨天又打來，質疑我們怎麼到現在還沒抓到歹徒。」

「是！我會繼續努力的！」

雖然颱風已經離開，但天氣都還是不太穩定，外圍環流引進使得台北一直處於陰濕的狀態，星期六整天，傅偉誠都沒看到李家甄，他很好奇遇到這樣的壞天氣，她還能去哪裡，照理來說除了魏瑾晨家，李家甄應該不會在其他朋友家過夜。

但也可能她昨天在外頭晃到太晚，於是就隨便找間旅館住了吧，傅偉誠猜測著。

星期日下班，傅偉誠回到家已經十一點多了，今天店裡很多客人，再加上有員工臨時請假，導致人手不足，連傅偉誠都得到門口接待不斷湧入的人潮，還要安撫因為久候而漸漸不耐煩的客人。

當傅偉誠打開家門，發現屋裡還是如同今早出發上班前的狀態，他感到有點不可思議，匆匆出門前留在客廳長桌上的酒杯及紅酒瓶還擺著，雖然兩人最近如同陌生人沒有互動，但李家甄對於傅偉誠隨意擺放的物品，還是無法視而不見，事實上她有點這方面的強迫症，更何況是她也會用到的客廳，之前有好幾次，李家甄因為傅偉誠老是把垃圾扔在桌上而發火，所以照理來說，只要李家甄有回家，酒杯和紅酒瓶就不會繼續留在長桌上。

傅偉誠走到二樓的洗衣間，翻了翻一旁的洗衣籃，沒有李家甄的換洗衣物在裡頭，看樣子大概是星期五或著星期六早上出門的，傅偉誠思忖著，上次見到李家甄是什麼時候的事，應該是三天前，星期四中午，要準備出門的時候，那時她還躺在沙發上睡覺。

突然，門鈴響了，傅偉誠走下樓，納悶是誰這麼晚還來拜訪，打開大門，原來是隔壁的陳太太，她滿臉堆著噁心的笑容。

「咦，陳太太，這麼晚還沒睡啊？」

「唉唷，人老了，睡眠習慣也跟著改變啦，我現在到了半夜反而精神更好呢！」

「這樣啊，那您找我有什麼事嗎？」傅偉誠只想快點打發掉這個愛說長道短的老太婆，然後洗個澡上床睡覺。

「啊唷，差點忘了，我來是要拿這個給你。」陳太太把手上的塑膠袋拎起來：「我朋友前幾天送我一大箱地瓜，實在太多了，吃不完，想說你太太上次說很喜歡，所以下午過來打算送一點給她，不過我按了好幾次門鈴，都沒有人回應，於是就想說等晚點有人回家再過來一趟。」

「真是太麻煩您了，那我就不客氣收下這袋地瓜啦，謝謝您的好意，我想家甄一定會很開心的！陳太太，晚安啦。」傅偉誠接過地瓜，正準備把大門關上。

沒想到陳太太立刻伸手抵住了大門：「對了，好像已經好幾天都沒看到你太太了耶，她去哪兒啦？」

「啊……她星期四就出發跟朋友去南部玩了。」傅偉誠有點緊張，他實在很討厭別人這樣窺探自己的隱私。

「喔，原來如此，她去哪裡玩啊？去幾天？」陳太太繼續問。

「她去了台南跟高雄，說要順道拜訪以前的大學朋友，沒意外的話，應該會待在那一個禮拜左右吧。」傅偉誠隨便編了個謊，他看見陳太太似乎還想追問些什麼，於是再次用力，把大門關上：「陳太太，時間有點晚了，我明天還要去店裡上班，不好意思無法繼續跟您聊，晚安！」

陳太太總算沒有繼續擋著門，她往後退，笑著跟傅偉誠道別：「傅先生，晚安啦！記得幫我把地瓜交給你太太啊！」

傅偉誠猛力把門關上，心中不斷咒罵著陳太太，然後把地瓜隨地一扔，就走上樓去了。

星期一中午，李家甄還是沒有回家，傅偉誠認真感到事態有點不對勁，於是他先打電話給店裡，跟副店長說自己有事，可能會晚點才能到，然後撥了另一通電話報警。

大約二十分鐘後，兩位男警員到了，傅偉誠站在大門口迎接，看見他們下車的時候還有說有笑。

「傅先生，您好！」左邊的矮壯警員舉起手，一副朝氣十足的樣子，向傅偉誠打招呼，另一位高瘦警員則點點頭。

「兩位，你們好。」傅偉誠也點頭回禮。

「剛剛您在電話裡頭說，尊夫人好幾天沒有回家了，對嗎？」矮壯警員開口。

「是的，所以我很擔心，才會打給你們。」

「尊夫人之前也曾經這樣好幾天沒回家嗎？」

「沒有，這是第一次，所以我很擔心她會不會遇到什麼危險的事情。」

「您上次看到尊夫人的確切時間是什麼時候？」矮壯警員問，高瘦警員則在旁邊寫筆記。

「我想是四天前，也就是星期四的中午，那時候我正要去上班，她躺在沙發上休息。」

矮壯警員點點頭，「這幾天您有試圖聯絡尊夫人嗎？」

傅偉誠忽然有點猶豫，不知道該不該坦白，他張嘴看著矮壯警員，矮壯警員跟高瘦警員也都望著他，等待他開口回答。

「嗯……我沒有聯絡她。」傅偉誠的聲音有點小，不過兩位警員都還是聽得很清楚。

「您剛是說，您沒有試圖聯絡尊夫人嗎？」矮壯警員再次確認，他還刻意加重「沒有」二字的語氣。

「是的，因為我們不是那種會嚴格控管彼此行程的夫妻，我想說她可能有自己的安排，所以才沒有聯絡我太太。」傅偉誠點點頭。

「這樣啊，不過一般來說，我們不會這麼快就把它認定為失蹤人口案件處理，所以還是麻煩您試著連絡看看尊夫人，也包括她的家人、朋友。」

「嗯，好的。」

「喔，對了，最後想冒昧請教一下，您與尊夫人最近有發生一些不愉快的事嗎？」雖然嘴上這麼說，但矮壯警員似乎毫不覺得這個問題有任何冒犯。

「這個嘛……上禮拜確實有為了一點小事情吵架。」傅偉誠表現得有點難為情。

「這樣啊，那我們先告辭了！希望您可以儘早連絡上尊夫人。」說完，兩位警員就離開了。

「那個傅偉誠，不就是索思薇餐廳的老闆嗎？」高瘦警員坐在副駕駛座。

「你也知道這件事啊？」

「對啊，我記得他太太好像是鴻星影城的千金嘛！那時候結婚還有被報導，說什麼才子佳人的結合。」高瘦警員似乎有點不以為然。

「哈哈，依我看啊，恐怕是他太太有點難搞，然後兩人吵架，他太太一氣之下就離家出走，大概是躲在某個朋友家裡吧，然後聯合朋友一起，要讓傅偉誠擔心她，以後就會對她百依百順囉。」矮壯警員做出結論。

「真是的，還在電話裡說要報失蹤人口，我看明天就會找到人，然後上演世紀大和解的噁心戲碼。」

「而且別忘記要打卡喔，表示自己最愛太太了，哈哈！」說完，兩人在警車內大笑。

不過隔天，星期二，傅偉誠還是沒有找到李家甄，他打給幾個跟李家甄比較可能有往來的朋友，得到的回應都是：很久沒遇到她了。

事態似乎變得有點嚴重，雖然不願意驚動岳父和岳母，最後傅偉誠還是打了通電話給他們。

「什麼！怎麼會這樣啦？」接電話的是家甄的母親，雖然傅偉誠已經盡量輕描淡寫，但聽到消息時，她還是立刻在電話裡驚呼，然後叫先生一起來聽電話，於是傅偉誠再次向岳父說明李家甄不見的事情。

電話那頭，家甄的父親沒有馬上回話，傅偉誠有點緊張，他實在很怕岳父生氣。

「聽起來這件事有點嚴重，我想有必要請警方協助。」不知過了多久，家甄的父親用沉重卻又不失沉穩的語調說話：「然後我也會請朋友幫忙，我要開一場記者會，你也一起來。」

「是。」掛了電話後，傅偉誠感到內心極度的不安。

星期三的中午，李家甄的父母在鴻星影城總公司的會議廳召開記者會，傅偉誠沒想到竟然有這麼多媒體到場，還有兩位市議員現身站台，鎂光燈閃個不停，讓他很不自在。

記者會由李家甄的父親開場。

「首先，感謝今天有這麼多媒體朋友都出席了，正如同記者會開始前通知大家的消息，我的寶貝女兒——家甄，這個星期一失蹤了，我們曾試圖聯絡她，不過截至目前為止，都還沒有人知道她在哪裡，所以想請各位媒體朋友，還有社會大眾幫忙，一起找到家甄，這是我的聯絡電話，如果有任何消息，麻煩請務必通知我，謝謝各位！」說完，李家甄的父親微微彎腰鞠躬，而李家甄的母親此時也走向前，扶著先生的手。

「就如同大家所知道的，我的寶貝女兒，從中山女中畢業後，考上國立政治大學的英文系，她是個非常優秀的女孩，對待父母很孝順之外，在家裡也是個好妻子，以前從來不曾無故失去聯繫，可是現在她失蹤了，我這個做母親的，實在非常難過與擔心，我很害怕她是否在外頭出了意外，」李家甄的母親忽然哽咽，雖然不能理解為什麼要強調家甄的學經歷及為人，但傅偉誠還是走過去遞了張衛生紙，並輕撫她的背，試圖安撫她激動的情緒。

「我真的很害怕，所以在此乞求大家幫幫忙，幫我們一起找到我的心肝寶貝……」說到這，李家甄的母親又忍不住哭了出來，李家甄的父親示意，要傅偉誠趕緊說些話。

「各位午安，我是家甄的先生，家甄在這個星期一失蹤了，我比任何人都還擔心，所以再次懇請大家能幫我找到她，這邊是我的手機號碼，如果有任何消息，請立刻打給我沒關係，即使是在半夜，我也會接電話的——就這樣，謝謝。」傅偉誠稍稍往後退一步，鎂光燈以及大家的視線聚焦在自己身上，讓他感到很想嘔吐。

「那各位記者朋友，有什麼問題的話，現在歡迎提出來。」李家甄的父親開口。

「傅偉誠先生，據說上個星期，你有跟你太太起爭執，請問這件事是真的嗎？」一位女記者突然舉手發問。

傅偉誠被突如其來的問題嚇得措手不及，「啊……是的，我們的確有吵架，不過只是為了一點小事情而已。」

「請問是因為什麼事情呢？」另一位男記者提問。

「我想這是個人隱私，我應該沒有非回答不可吧？」傅偉誠有點生氣，看來是警方那邊洩漏了他與李家甄的事情。

場面變得有些尷尬，李家甄的母親趕緊出面緩頰：「都是一些生活上會遇到的小問題啦，比如說穿過的襪子衣服亂丟啊……這類的小事情。」

不過從記者們的表情來看，他們似乎不太採信這樣的說詞。

傅偉誠真想快點逃離現場，他覺得這些記者就像吸血鬼，想從他身上吸出新鮮的血液，來滿足觀眾的嗜血慾望。

之後又有幾個人問了一些無關痛癢的問題，記者們大概是認為沒有更多值得報導的材料可挖掘，看起來各個意興闌珊，於是記者會便迅速宣布結束。

當天晚上，各電視台都報導了李家甄失蹤的相關新聞，大概是因為李家甄的父親在社會上具有一定程度的名氣與影響力，因此新聞版面並不算小。

記者會隔日，星期四晚上十點多，傅偉誠正窩在沙發上看書，突然接到何宥勳的電話。

「喂，你開一下電視。」於是傅偉誠轉到何宥勳所說的頻道，是一個談話性節目，旁邊的標題打著「童話故事全都是騙人的?! 其實他沒有那麼愛妳?!」，一時之間還不知道這集在討論什麼。

「你要我看什麼呀？」傅偉誠問。

「他們正在討論你啊！」

「好的，今天這集我們要來討論昨天發生的重大事件，現在可以說是鬧得沸沸揚揚喔，那就是鴻星影城的千金——李家甄小姐，失蹤了！」主持人的語氣非常惟恐天下不亂：「琪娜，妳是知名兩性專家，妳怎麼看這件事情呢？」

名叫琪娜的兩性專家開口：「這個嘛，我個人的看法呢，應該就是夫妻之間吵架，先生惹老婆生氣，所以老婆一氣之下決定離家出走，給老公一點顏色瞧瞧，你知道的，很多女人都很幼稚，吵架就那幾招，一哭二鬧三上吊，其實說穿了就是想奪回發言權，讓老公聽話嘛！」

「所以妳覺得李家甄是想藉著離家出走，告訴她先生，你最好給我注意一點，老娘可不是好惹的病貓喔！」主持人接話。

「沒錯，就是這樣啦！昨天傅偉誠已經公開喊話，我跟你保證，過不了幾天，李家甄就會出現在大家面前，說不定還會說什麼，我去了趟花東之旅，因為那邊收訊不好無法接電話，所以沒開手機，也沒看新聞報紙，不知道這幾天大家這麼擔心我，謝謝各位的關心，最後夫妻重修舊好，也許還可以騙到幾個通告呢。」琪娜一邊說一邊翻白眼。

「哈哈，這真是太誇張了啦！妳可以改行去當編劇了！」然後主持人轉向鏡頭：「事實上啊，我們節目有請特派員去採訪幾位跟當事者熟識的朋友，所以現在就讓我們來看看，他們對這件事，又有什麼看法呢？」

畫面切換到一間咖啡廳，節目的特派員背對鏡頭，受訪者雖然面對鏡頭，但臉上有馬賽克，聲音也經過特殊處理。

「嗯，我是他們的大學同學，他們從大二就開始交往啊，然後當時還蠻閃的，不過我覺得很登對啦，男的帥、女的正，後來畢業隔幾年就結婚了……結婚後喔，這我就不太清楚，但據說家甄為了偉誠，放棄原本很棒的工作，她以前在奧克羅上班啊，就是那間很有名的外商公司……應該是為了生小孩吧，畢竟繼續待在那邊，一定會很忙，家甄非常喜歡小孩，之前她來我家，就說她也好想要趕快自己生一個……對啊，我也覺得好奇怪，怎麼會一直沒懷孕，但又不好意思直接問她，畢竟這是人家的私事嘛！不過我自己推測啦，應該是男方不想生，畢竟有了小孩，就會剝奪夫妻兩人相處的時光啊，很麻煩的！……我覺得這次一定是家甄受不了，想透過這個方法讓傅偉誠知道自己的不滿，應該再過幾天就會出現啦，不過重點還是傅偉誠要改變一下自己的態度，我覺得他有時候太強勢了。」畫面裡的女子身穿一件詭異的紫色套裝，傅偉誠根本看不出來這位聲稱是自己大學同學的人是誰，何宥勳也說他看不出來。

接著又是另外一位女生，帶著一頂橘色毛帽，「我是跟家甄同班三年的高中好朋友，前陣子私下聚會的時候，她有跟我聊到她先生，那時候她是跟我說，她先生有點難應付……好像個性有點暴躁吧，然後會吹毛求疵，對於一些小細節很計較，也很愛記仇……對了對了，她那時候還提到，她先生會嚴格控管她出門的時間，我聽到都起雞皮疙瘩了，這實在很恐怖啊！你不覺得嗎？如果我先生會規定我幾點之前要回家，我絕對會跟他翻臉的！家甄一定也是這樣想的，所以才會離家出走，我覺得後續就要看她先生有沒有拿出誠意了，我當然還是希望她跟先生能夠永浴愛河囉。」然後特派員又提出了幾個問題。

畫面切回攝影棚內，主持人首先開口：「我說琪娜，妳不覺得從剛剛特派員的訪問影片來看，傅偉誠就給人一種很恐怖的感覺嗎？」

「對啊，根本控制狂，還控管老婆的回家時間，我如果是李家甄，一定也會受不了的！所以我說啦，李家甄一定是受夠了自己的先生老愛管東管西，因此藉著這次機會，打算好好教訓他一頓，宣示屬於自己的女性主權，順便告訴他，別再管我了！」

看到這裡時，傅偉誠已經氣得渾身發抖，究竟外人有什麼資格評斷自己的婚姻生活，還找來兩個根本不知是真是假的友人，在那邊大放厥詞，節目結束前，他立刻打給電視台抗議，但電視台那邊表示他們有言論自由與新聞自由，傅偉誠進一步要求對方提供受訪者的身分證明，不過得到的回應卻是他們有義務保護當事人，所以無法透露任何有關受訪者身分的資訊，才解釋完，對方就直接掛電話。

傅偉誠用力將手機砸向牆壁，並大罵一聲髒話。

隨著昨日的電視節目播出，各大新聞台也跟著捕風捉影，傅偉誠瞬間變成一個有毛病的控制狂丈夫，而李家甄則成為大家口中的可憐妻子，為了討好難搞的丈夫，委曲求全、處處遷就，最後因為忍無可忍，只好藉著離家出走表達心中積累已久的不滿。

傅偉誠怒不可遏，卻也無可奈何，昨夜被氣到難以好好入睡，索性打給副店長，告知他今天不會到店裡去。

下午一點多，傅偉誠正在吃泡麵的時候，接到了岳母的來電。

「女婿啊，你還好嗎？我跟你爸爸看到新聞，都很替你擔心。」她的聲音聽起來非常焦慮。

「媽，我沒事啦！」

「沒事就好，對了，偉誠，媽要問你一件事，就是……你應該沒對我們說謊吧？」

「說謊？」傅偉誠不理解岳母所指的是什麼事情。

「就是你當初跟我們說的啊，家甄會離家出走，只是因為你們為了家務分配的事情吵架，對嗎？」

傅偉誠突然明白岳母的意思了，他感到很生氣，沒想到連岳母都被新聞報導影響：「我當然沒說謊啊！媽，怎麼連妳都這樣質疑我呢？」

「啊，媽沒有這個意思啦！只是想再確認清楚，畢竟……」家甄的母親趕緊解釋。

「沒關係，不用解釋了。請問還有什麼事嗎？沒有的話，我要繼續吃午餐了。」

「啊，對了，你爸爸早上看過新聞後，要我跟你建議再開一次記者會。」

「為什麼要再開一次記者會？」傅偉誠感到很納悶。

「等等，我請你爸爸跟你說喔。」

「喂，是我。」家甄的父親接過電話：「既然家甄是離家出走，我們就要對她喊話，要她趕緊回來，不然你們再這樣鬧下去，只會成為大家茶餘飯後的消遣對象，實在非常難看；另外，我們也要告訴大家，你不是像媒體所報導的那樣負面，所以明天記者會上，你要說一段話，告訴家甄以及大眾，你其實還是深愛著她的，知道嗎？」雖然是以問句做結尾，但傅偉誠知道岳父並沒有在徵詢他的同意。

「是，我知道了。」

「就這樣。」語畢，李家甄的父親隨即掛斷電話。

星期六中午，李家甄的父母再次在鴻星影城總公司的會議廳召開記者會，這次除了他們與傅偉誠外，沒有其他議員陪同出席。

家甄的父親跟各家媒體打完招呼後，就把麥克風遞給傅偉誠。

傅偉誠走向前，跟大家鞠躬，抬頭時看見記者們露出興奮的表情，一副迫不及待的樣子。

「你猜他等等會說什麼來洗刷自己的臭名。」一位女記者朝身旁的另一位男記者說。

「不外乎就是宣揚自己有多愛老婆吧，哼哼！」男記者露出不以為然的表情。

傅偉誠清了清喉嚨，還是無法擺脫面對這麼多攝影機的不舒適感，李家甄的母親似乎看出他很緊張，於是走到傅偉誠的身旁，並把右手搭在他的背上，傅偉誠轉頭看到岳母對自己微笑，稍稍感到安心一些。

「抱歉今天再次麻煩各位前來，同時也感謝所有與會的記者朋友們，關於這幾天發生一連串的事件，從家甄離家出走，到媒體散布不實的消息，導致我個人的形象受損，在此想對大家澄清，我跟家甄上禮拜確實有起了一點小口角，因為家務分配不均的問題，但新聞報導說我嚴格控管家甄的回家時間、說我不想生小孩，導致夫妻之間發生嚴重衝突，這些全部都是子虛烏有的事情；此外，我也想請各位媒體界的朋友們，不要再繼續散播不實的消息，我已經和我的岳父岳母討論過，決定暫時不追究這次的事，但如果之後再有類似的情況發生，我們絕對會採取法律途徑，煩請各位自重，謝謝。」傅偉誠稍作停頓，看著所有在場的記者們，他深吸一口氣：「最後，我想說，我真的非常非常深愛我的妻子——家甄，我敢說她是我這一生中，最重要的女人！所以，家甄，如果妳有看到這則新聞，請快點回來吧，我們都很想妳！」說完，李家甄的父親也走到傅偉誠身邊，三個人在閃爍的鎂光燈前擁抱彼此。

拾貳

好一幅溫馨感人的景象，星期六當晚，各大新聞台都播出傅偉誠與李家甄爸媽相擁的畫面，看來此舉頗有成效，網路上開始出現批評李家甄的言論，不少人開始覺得，只是為了點小事就離家出走搞失蹤，這樣的女人未免也太過驕縱。

不過到目前為止，李家甄仍然沒有出現，雖然傅偉誠接到許多通電話，聲稱在某地方看到李家甄的蹤跡，但事後都被證實為假情報。

李家甄彷彿人間蒸發般，消失在這個世界上。

然而，就在星期日，這件事情有了重大的轉折。

星期日下午，魏瑾晨緩緩在病床上睜開雙眼，好像重獲新生一般，她醒過來後，好奇地探索著病房，看見母親坐在一旁的椅子上打盹。

「媽……」她試圖叫醒母親，但聲音卻卡在喉嚨裡，非常微弱，於是魏瑾晨使勁力氣側過身子，勉強伸直左手按下通知鈴。

過沒多久，一位年輕的護理小姐走進病房，看到魏瑾晨時嚇了一跳：「魏小姐！妳什麼時候醒過來的？」由於情緒亢奮導致無法控制音量，護理小姐的驚呼吵醒一旁的魏媽媽。

「怎麼了嗎？」她看著護理小姐。

「魏太太，魏小姐清醒過來了！」這時魏瑾晨的母親才發現魏瑾晨正看著自己。

「唉呀，乖女兒，妳可醒過來了！」魏瑾晨的母親激動地從椅子上站起來。

「我現在就去請醫生來！」說完，護理小姐快步走出病房。

趁著這個空檔，魏瑾晨問母親自己發生什麼事，為什麼會在醫院。

「上上個星期日，妳跟同事吃完飯要回家，結果在路上遇到壞人，他用東西把妳打昏了，幸好後來有路人經過，即時把妳送到醫院來。」

魏瑾晨沒有答話，對於自己遭到攻擊，她完全沒印象。

「還有妳身上的錢也被搶走了，不過現在人沒事就好，媽真的好高興妳能醒過來！原本好擔心妳會永遠昏迷。」

「那有抓到兇手嗎？」

魏瑾晨的母親搖搖頭：「據說開始在找了，但還是沒找到。」

「這樣啊——對了，我昏迷的這段期間，有發生什麼重要的事嗎？」

「重要的事……啊！剛剛太高興差點忘記，妳的好朋友家甄，從上個星期就失蹤了，現在她的父母還有丈夫都在找她。」

「什麼！妳說家甄失蹤了？」

「是啊，我有把相關的報導都蒐集起來。」

「快讓我看看！」

魏瑾晨的母親拿出一疊報紙，魏瑾晨迅速地讀著每一篇報導，看完之後她感到氣憤不已。

「媽，妳可以幫我一個忙嗎？幫我聯絡記者。」

「咦，怎麼了嗎？」

「我要撕下傅偉誠的假面具！」

當天晚上七點，記者會在醫院大廳準時舉行，魏瑾晨被一堆麥克風包圍著，小小的瓜子臉被遮掉一半。

「謝謝大家前來，我今天在這裡舉辦記者會，並不是要告訴大家我已經康復了，而是身為家甄的好朋友，我想我有義務做一件事，那就是拆穿傅偉誠先生的謊言！」現場記者們開始騷動，「三周前的星期五，我跟家甄有約，她在吃飯的時候跟我說，傅偉誠打了她，她感到非常害怕，後來家甄又告訴我，她想要跟傅偉誠談離婚，但是傅偉誠不同意，現在請大家看我的手機，這裡是我和家甄的對話紀錄，」魏瑾晨拿出手機，「這邊的紀錄證明我剛剛所說的話，全部都是真的！各位，傅偉誠說他和家甄是因為家務分配的問題而吵架，這全都是假的！傅偉誠不敢說實話，是因為他動手打了家甄！這種動手施暴的爛男人，竟然敢公開說自己多愛老婆，實在是令人作嘔！所以我要在這邊呼籲各位，千萬不要被他騙了！」

「魏瑾晨小姐，那請問妳知道李家甄小姐現在在哪裡嗎？」一位年輕記者發問。

「很遺憾的，我也不知道家甄到底去哪了，但自從昏迷之後，到目前為止她都沒有和我聯絡，所以我認為，家甄絕對不是如傅偉誠所說，是因為夫妻吵架而失蹤！傅偉誠一定在隱瞞什麼！」

這段現場報導在各家新聞台直播後，立刻引起大眾討論。

開始有人臆測李家甄是否早已慘遭傅偉誠毒手，而傅偉誠從頭到尾只是在自導自演，他是為了脫罪，才把李家甄消失的事件，捏造成因為家庭失和而離家出走。

新聞台動作非常快，當晚就出現相關的深入報導。

「最近這幾天，鴻星影城千金——李家甄小姐失蹤的事件鬧得人盡皆知，然而就在今天晚間七點多出現重大轉折，日前遭到攻擊而昏迷的丰宴餐飲千金——魏瑾晨小姐，在醫院舉辦記者會，她表示自己的好友李家甄，並非單純因為家務問題而離家出走，她更指控李家甄的丈夫——傅偉誠先生，從頭到尾都在說謊，並表示傅偉誠曾經對李家甄拳腳相向，接下來請看我們的深入報導。」

甚至還有新聞台做了專題，試圖從兩人的成長背景分析出整起事件的來龍去脈。

「傅偉誠和李家甄，原本素昧平生的兩人，一個就讀成功高中，另一個就讀中山女中，後來因為都考上了政治大學英文系，而有了相識的機會。傅偉誠是系上的籃球隊員，李家甄則是球隊經理，因為朝夕相處而生情，在大學二年級時開始交往，感情一直很穩定，畢業後女方任職於某知名外商公司，男方服役後開始創業，也就是現在頗具盛名的索思薇連鎖餐飲。畢業三年後，兩人決定結為夫妻，這對才子佳人的婚禮，在當時還傳為一段佳話，婚後傅偉誠和李家甄也相敬如賓，從社群媒體上的發文來看，可以感覺到這對夫妻非常恩愛，過著如童話般的幸福生活，不過根據兩人的共同朋友爆料，這段看似美滿的婚姻背後，其實隱藏著一個大問題——那就是要不要生小孩，根據可靠人士指出，李家甄一直想要有孩子，但傅偉誠認為小孩不但會影響夫妻生活，更可能妨礙自己的事業發展，兩人常為此爭執不休，最後也成為夫婦之間無可挽救的衝突點。」

魏瑾晨召開記者會時，傅偉誠正在索思薇值班，接到了大安店店長劉羽強——他的大學同學兼索思薇的共同創辦人——的來電，「喂喂，你快點打開電視看新聞！感覺不太妙。」

傅偉誠走進辦公室，打開電視，竟然看到魏瑾晨拿著手機，給現場記者們看她和家甄的對話紀錄，他頓時感到一陣天旋地轉，不好的預感爬滿全身，這時手機鈴聲響了，傅偉誠從口袋掏出手機一看，是岳父家的來電。

「傅偉誠，你最好給我解釋清楚這到底是怎麼一回事！」才剛接起電話，李家甄爸爸的巨聲怒吼差點震破傅偉誠耳膜。

「爸，你千萬不可以相信電視上那個女人說的話！魏瑾晨可不是個好東西，她會帶著家甄上夜店喝酒！」傅偉誠急忙解釋。

「你少胡說了！對方都已經拿出證據，難道那會是造假的嗎？」

「等等，爸，你聽我解釋！」

但李家甄的爸爸不等傅偉誠說完，就把電話掛斷。

傅偉誠看著手機，一臉錯愕，趕緊回撥給李家甄的父親，但對方卻沒有回應，他感覺到事態似乎發展得比想像中還要嚴重。

果然如傅偉誠所預料的，三個小時後，電視上報導了李家甄父母的聲明稿，「各位觀眾大家好，本台剛才收到了一份來自鴻星影城董事長——李國景先生的聲明稿，他表示對李家甄小姐的丈夫，也就是傅偉誠先生，感到非常地失望，完全沒有想到傅偉誠先生會刻意隱瞞事實，並在聲明稿的最後，表示不排除對傅偉誠先生採取法律途徑，稍後本台會為您做更深入詳細的報導。」

隔天一大早，傅偉誠還在床上，就聽到門鈴在響，他緩慢地從床上爬起來，走下樓，這時門鈴還持續響著，傅偉誠忍不住先爆了一句髒話。

「請問哪位？」他對著對講機問，聲音還啞啞的。

「傅先生您好，敝姓曾，是北市警察局的刑警。」是個年輕女性的聲音。

傅偉誠從大門上的貓眼看出去，確實是兩個穿著制服的刑警，於是他打開一條門縫：「方便看一下兩位的警察證明嗎？」

「可以啊。」右邊的女警回答，並迅速拿出證明，上面寫著曾瀞，左邊的男警則慢條斯理得從口袋拿出服務證，姓名欄寫著吳閎穎。

傅偉誠打量著站在門外的兩位警察，曾瀞露出微笑，臉上只略施淡妝，看起來非常有親和力，雖然長相稱不上標緻，但卻有種難以形容的脫俗感，這是許多時下女性都缺乏的特殊氣質；而站在一旁的吳閦穎則面無表情，加上向後梳的油頭，給人一種極為嚴肅的壓迫感，他的單眼皮眼睛小而銳利，似乎也正在觀察著傅偉誠。

「請問有什麼事嗎？」

「是這樣的，距離您上次向警方報案已經一星期了，但到目前為止，尊夫人都還沒出現，所以昨晚尊夫人的家屬已經要求我們展開調查，今天來打擾您，正是為了更進一步瞭解情形。」女警員態度很好地解釋，然後她拿出一份文件：「傅先生，這個是『自願受搜索同意書』，如果您同意我們入屋，請在這邊簽名，假如不想接受搜索，也可以表示不同意。」

「讓我看一下。」

這一天果然還是來了，傅偉誠心想，於是他在文件上簽過名字，並解開鐵鍊鎖，兩位警員也隨之入屋。

吳閦穎掃視著一樓的擺設，玄關放著兩個大鞋櫃，還有幾雙鞋擺在鞋櫃外，「傅先生，您的鞋子很多呢！」曾瀞笑著說。

「喔，大部分都是家甄的。」傅偉誠露出尷尬地笑。

走過玄關，就是氣派的客廳，三張大沙發椅看起來都是真皮製的，客廳天花板還墜掛著豪華的水晶燈。

「傅先生家的裝潢很棒呢。」剛才一直沒有說話的吳閎穎，突然開口稱讚，但傅偉誠覺得他只是把這句話當作開場白，並非真心讚美。

「謝謝，這些都是我和家甄一起討論出來的。」

吳閎穎走進客廳，看著電視旁邊一整櫃的酒，「傅先生也愛品酒？」

「偶爾會喝一杯當作消遣，工作之餘放鬆心情用的。」

「這支蔻蒂的味道很棒。」吳閎穎指著第二層架上的一支紅葡萄酒。

「是，那支是我的珍藏之一，去年朋友送的生日禮物。」

吳閎穎點點頭，慢慢走進廚房，曾澔則跟在後頭。

「傅先生，平常家裡有在開火嗎？」

「有的。」

「是你還是你太太？」

「通常都是我太太，我休假才比較有時間。」

「也是，從事餐飲業應該很累吧？」

「挺忙的。」

「不過從這房子的裝潢來看，應該是賺得不少吧。」吳閎穎微笑，「請問方便上樓看看嗎？」雖然是詢問口氣，但傅偉誠感覺吳閎穎並沒有在徵求同意，聽起來還比較像是命令。

「當然方便，請。」於是傅偉誠走在最前面，吳閎穎在中，曾澔走在最後面。

上了二樓，右手邊有個關著門的房間，對面也有一個房間，門沒關，吳閡穎看見裡頭擺著床。

「那是臥房？」吳閡穎指著那間擺著床的房間。

「是的。」

「那這間呢？」吳閡穎問的是右手邊關著門的房間。

「當作雜物間在用。」

吳閡穎直接把門打開，裡頭擺著吸塵器之類的家電，還有幾個紙箱。

關上門後，吳閡穎又開口發問：「浴室沒在臥房裡嗎？」他看著臥室隔壁的超大浴室，裡頭還有一個非常大的白色浴缸。

「對，這是家甄要求的，因為她不喜歡臥室裡有盥洗間，覺得那樣房內濕氣會太重，所以就另外把浴室獨立出來。」

「明白了。」這時吳閡穎看見雜物間門旁邊的地面和牆壁交接處，有個小東西在發亮，「傅先生，樓上是什麼呢？」

「樓上是晾衣間，還有一張撞球桌，跟一些健身器材。」

「那上去看看吧。」趁著傅偉誠往樓梯走去，吳閡穎迅速蹲下，用隨身攜帶的小鑷子夾起發亮的東西，並裝進夾鏈袋中。

三樓晾著幾件衣物，還有如同傅偉誠所說的，擺著一張撞球桌跟跑步機、飛輪和啞鈴。

「好棒的空間！」這次換曾潽發出讚美，聽起來真誠許多。

三人走下樓，進到客廳才剛坐下，吳閎穎就開口：「傅先生，我記得你是上星期一報警的，但最後一次看到你太太時，應該是上上週的星期四，對吧？」

「對，沒錯。」

「已經過了三天，為什麼會這麼晚才報警呢？」

「因為我們平常的相處模式就是很各過各的，呃我的意思是，我們並不會過度干涉對方的生活，所以就算她幾天不在家，我也不曾特意去追問。這次我也以為家甄住在朋友家，因此沒放在心上，但連續過了幾天都沒看到她，以前即使沒碰到面，還是可以發現她在家裡活動過的痕跡，然而這次都沒有，所以我開始覺得有點不對勁，於是花了點時間跟她身邊的人聯絡，這也是為什麼會隔好幾天才報警的原因。」

「她很常不在家過夜嗎？」

「很偶爾啦，通常都是去朋友家聚會到太晚，所以乾脆就住在那邊。」

「兩位最近有發生爭執？」

「我在電視上說過了。」傅偉誠突然感到不耐煩。

「我想還是必須當面跟你確認。」吳閎穎冷冷地看著他。

「是，最近有爭執，因為家務分配的問題。」

「那你有對你太太動手嗎？」

傅偉誠一時之間不知道該怎麼回答，屋內一片沉默，吳閎穎緊緊盯著傅偉誠，連剛剛低頭在寫筆記的曾瀞也抬起頭看著他。

「沒有。」傅偉誠也看著吳閎穎。

「好的，我知道了。」吳閎穎從沙發站起身：「抱歉，今天打擾你了。如果有需要的話，我們還會再來，到時也請你務必跟我們配合。」說完，就往門口走去，曾瀞朝傅偉誠點個頭，跟在吳閎穎背後準備離開。

正當吳閎穎伸手要開門時，傅偉誠突然朝他開口：「吳警官，請問你會相信魏瑾晨的說詞嗎？」

吳閎穎轉過身，「我們不會輕易採信任何一方的說法，無論是你說的、還是魏小姐說的，甚至是你太太說的話，在沒有被證實以前，我們都還是會抱持著懷疑的態度。」說完，吳閎穎就離開了。

「說真的，剛剛傅先生的態度很奇怪，尤其是你問他有沒有動手打太太的時候。」

「是啊，連太太不見都這麼遲才報警，還解釋他們的相處方法正是如此，聽起來就不太正常。」吳閎穎繫起安全帶。

「話說剛才學長在傅先生家二樓撿到什麼？」正準備要發動汽車時，曾瀞問坐在副駕駛座的吳閎穎。

「妳看到啦？」

「雖然學長動作很快，但我還是有看到唷。」曾溿似乎頗得意。她把車子倒著開出社區，駛上大馬路。

「這個。」吳閡穎掏出口袋中的夾鏈袋，裡頭裝著一塊約兩公分長的玻璃碎片。

「這是……玻璃碎片嗎？」

「沒錯，我很好奇怎麼來的。」

沒過幾天，吳閡穎就得到了答案。

「妳說這是酒瓶的碎片嗎？」吳閡穎看著檢驗報告。

「是的，玻璃上面有乾掉的液體，經過檢測後發現裡頭有很高濃度的酒精，而且含有大麥成分，我想應該是威士忌之類的酒。」受吳閡穎委託、負責鑑識玻璃碎片的張瑩在電話裡解釋。

「好的，謝謝妳。」

吳閡穎坐在辦公桌前，繼續研究著檢驗報告，陷入沉思。

「我跟妳說，剛剛十三桌的客人問我……」索思薇公館店的副店長賴駿恩站在接待櫃台，正在跟另一位副店長林依如閒聊，話才說到一半，店的大門就被打開，是一位帶著墨鏡的男子。

「歡迎光臨——咦，是店長？」林依如的表情似乎有點錯愕。

「偉誠，你怎麼會來？」賴駿恩壓地聲音，一副不希望傅偉誠出現在這的樣子。

「怎麼了嗎？我是店長，當然要來看看店裡的情況啊。」

「但是現在不適合啊，你看看周圍的客人。」賴駿恩繼續刻意壓低說話的音量。

傅偉誠轉頭，只見右手邊的幾桌客人都看向接待櫃檯這邊，但他們一接觸到傅偉誠的視線，又立刻裝作若無其事地低下頭吃飯、滑手機。

「從早上剛開店，就不斷有記者打電話來店裡，如果他們知道你就在這，一定會想辦法要採訪你，所以你待在這邊只會影響客人，偉誠，我是以朋友的身分給你忠告，趕快趁現在離開！」賴駿恩的表情非常嚴肅。

「等等，我是這間店的店長，憑什麼……」傅偉誠話還沒說完，店的大門再次被打開。

「歡迎光臨，請問兩位有預約嗎？」只見一對男女走入店內，林依如立刻露出燦爛的職業招牌笑容。

穿著套裝的女生朝林依如開口，「妳好，我不是來用餐的，我接到通知說，你們店長剛剛來到店裡，請問方便採訪他嗎？我是V台的記者。」

「呃，妳可能搞錯了，我們店長今天有事，所以不會到店裡來喔！」賴駿恩顯得有點尷尬。

「咦，是這樣嗎？」

這時，傅偉誠就站在女記者的旁邊，他感覺到自己的背已經濕透了。

「那可不可以請教兩位，對這件事的看法呢？」女記者竟然開始訪問林依如跟賴駿恩。

「不好意思，妳是說什麼事情呢？」

「就是你們店長跟他太太的事啊，這件事鬧得這麼大，你們應該不會不知道吧？」女記者的音量突然轉大，有幾位客人好奇地看向這邊。

「不好意思，妳已經打擾到店裡的客人了，如果兩位沒有要用餐，麻煩請離開。」賴駿恩的口氣非常強硬。

「你也太沒禮貌了吧，我好聲好氣得詢問，你們竟然這麼兇！」女記者轉向右邊，拉著傅偉誠的手臂：「這位先生，你幫我評評理，他們是不是很……」忽然間，女記者露出訝異的神色，「等等，你不就是……！」

不等女記者說完，傅偉誠拔腿就往店外面衝。

「欸，等等啊！傅偉誠先生！傅先生，請告訴我們真相，觀眾有知道真相的權利！請你等一下！」女記者也迅速追出去，剛剛站在一旁的男士也立刻跟在女記者後頭。

傅偉誠一路狂奔，撞倒不少路人，但他顧不得這麼多，女記者和她的同事一路在後頭追趕著，他衝到水源市場附近時，趕緊跑進一間運動服飾店，旁邊的人還好奇地打量著他，傅偉誠立刻抓起一件防風外套，然後慌張地躲進試衣間裡，過了幾分鐘，他猜想女記者應該沒跟上，才快步走到停車的地方。

好不容易回到車上，傅偉誠坐在駕駛座用力喘息，他慶幸著公館這一帶人潮眾多，才能順利擺脫窮追不捨的記者。

這兩天家裡的電話不斷有媒體來電，於是他只好拔掉電話線，但求知慾旺盛的新聞記者們沒有放棄，不知道從何處拿到他的私人手機號碼，逼得傅偉誠只好開飛航模式，現在只要一恢復通訊，恐怕就會有無數則未接來電通知。

回到家裡，傅偉誠躺在沙發上，感到疲憊不已，看來這幾日也不能到店裡去了，他心想。

拾參、李家甄

從來沒有想過，原本像是白馬王子的傅偉誠，有天會變成一隻討人厭的癩蛤蟆，但隨著時間慢慢過去，我才漸漸發覺，他其實只是個絲毫沒有內涵又平凡的普通人，而且澈澈底底地讓人痛恨。

還記得魏瑾晨剛離婚的時候，有天半夜我們在河堤邊喝酒，她突然語重心長，問我能不能體會某天看著另一半，卻忽然想不起來當初為何喜歡上他的那種無奈。

此時此刻，我完全明白那是什麼感受。

好比我愈來愈無法忍受，他沒有事先通知我，就擅自帶著同事或朋友回家，還要我好好煮頓豐盛的晚餐招待客人，突如其來的不速之客讓我每次都手忙腳亂，也讓我覺得自己好像是個傭人，不被尊重，可能還比不上傭人呢，至少傭人可以發脾氣說要辭職，但我卻是義務性地做著這些事，看不到結束的那天。

每次他只要帶那群大學同學回家，吃完飯喝過酒後，就免不了提到以前打系籃的時光，他們會一再重複說著同樣的幾場比賽，當然，都是他們有拿到勝利的比賽，真是無聊透頂，相同的話題我已經可以倒背如流了，他們卻還樂此不疲。

偶爾我也會檢討自己，是否在不知不覺中，失去可愛討喜的個性，變得像我母親一樣惹人嫌惡，但最終卻發現，問題其實都在傅偉誠身上。

他在婚後就變得愈來愈不用心，好像把我娶回家就已功德圓滿，但他忘了最重要的，如果不肯努力經營，那婚姻真的會變成一座墳墓，狠狠把兩人活埋。

但他卻白癡地以為，當愛情的燃料快要耗盡時，只要生個小孩就可以解決一切問題，而不是虛心檢討，檢視自己在夫妻關係中做了什麼蠢事情。

每次當傅偉誠如鬼打牆般圍繞著我，吵著他想要一個孩子的時候，我都好想用廚房裡三公斤的不銹鋼鍋敲他腦袋，看看能否把他打醒，或是直接敲到他腦漿迸裂，就可以一勞永逸得讓他閉上那該死的嘴。

到底是什麼讓他認為，生個小孩就可以讓婚姻起死回生，我真心不懂。

不過最可怕的，還是那件事，真的好可怕！現在回想起來，我還心有餘悸，那個像是噩夢般的夜晚，他對我拳打腳踢，甚至侵犯了我的身體。

只要我看到身上的傷，那晚的恐怖經歷就會再次襲來，嚇得我無法好好入睡。

更可悲的是，經過那件事之後，我們就像生活在同個空間裡的陌生人，但也不必感到太訝異，因為這似乎是無可避免的結果，畢竟他並非出於真心地喜歡，才選擇與我結婚，傅偉誠是為了財富而接近我，也許他可以欺騙自己一時，但隨著時間流逝，真面目終將會顯露，這就是現實。

而我彷彿可以感覺到，如果自己不做點什麼，我的餘生就會在這棟如同監牢的屋子裡畫下句點。

當兩人的互相陪伴勝過一個人獨處，那是幸福；但是當某方讓另一方在愛情裡失去自我，那就是綁架。

是的，傅偉誠綁架了我。

所以我下定決心要離開這個男人，這個奪走我的青春、金錢還有信任，卻不知感恩的無恥男人，為了奪回屬於我的東西，即使會犧牲，不擇手段也要豁出去。

拾肆

「學長，我們現在要去哪？」曾瀞坐在車裡吃著三明治。

「蒐集情報。」吳閔穎也咬了一口水煎包，然後發動車子。

過沒多久，他們就到了住在傅偉誠隔壁的陳太太家。

「來來，兩位警官請用茶，這茶是我用今年過年新買的包種茶葉泡的，非常回甘、非常香呢！」

「陳太太，謝謝您。」曾瀞喝了一口茶，開口稱讚：「這茶真好喝！」

陳太太一臉心滿意足的樣子，「那要不要再配一點蛋糕呢？我昨晚買的，很好吃喔，搭配這茶剛剛好。」

「陳太太，不用麻煩了，我們問完話就會離開，妳請坐吧。」吳閔穎阻止陳太太過分的殷勤。

「啊，好的好的。」陳太太坐下，這時曾瀞也拿出小筆記本。

吳閔穎開口問：「陳太太，妳在這住多久了呢？」

「嗯，我想想喔，大概七年多快八年吧，我在這房子剛蓋好的時候就搬來了，那時候還沒有很貴呢！現在房價漲好多！」

「那傅偉誠先生是什麼時候搬來的呢？」

「沒記錯的話，應該是晚我一年，喔不對，他們是五年前搬來，對對對，他們是二零年搬到這裡來的，那時候他們兩夫妻才剛結婚。」

「這麼說，妳跟他們當鄰居也好一陣子了，想請問妳，對於他們有什麼看法嗎？」

「剛搬來的時候感覺非常恩愛，總是會一起出門啊，有時候走在路上，也會看到他們兩夫妻手牽手；不過最近這一陣子，很少看到他們一起行動了，周末早上常看到傅太太單獨出門，或著是傅先生自己去遛狗。」

「那妳對傅先生以及傅太太，各別的印象是什麼呢？」

「各別的印象喔，」陳太太抓了抓頭頂：「傅太太人很親切，看到鄰居都會熱情地打招呼，我跟附近幾個太太對她的印象都不錯，反倒是傅先生……」陳太太欲言又止。

「傅先生怎麼了嗎？」吳闓穎喝了一口茶。

「我沒有什麼惡意啦，不過我個人覺得傅先生似乎脾氣不太好，尤其我跟他打招呼的時候，有時只是想聊個幾句，關心一下鄰居，但他看起來都不是很開心，你當警察應該知道的，就是表情會透露出他有點不耐煩，很想趕快離開的樣子，我記得每次只要提到小孩的事啊，他的反應就會特別明顯。」

吳闓穎點點頭，「我明白妳的意思。對了，陳太太，最近有沒有發生什麼值得注意的事呢？」

「應該是沒有吧。」

「好的，那我大概理解了，謝謝妳願意配合我們調查，先告辭了。」吳閎穎跟曾滯正準備起身，這時陳太太突然大叫。

「我想到一件事啦！上個周末，我要拿地瓜送給傅太太，結果一直到半夜，她家裡都沒人，於是我只好拿給傅先生，後來我問傅先生他太太去哪裡，那時候他說，傅太太跟朋友去了南部旅遊。」陳太太彷彿怕別人聽到，還刻意壓低了音量。

「星期幾的事？」

「我記得是星期日。」

「好的，謝謝妳。」吳閎穎往大門走去。

陳太太也站起身，「警官先生，可以請問傅先生真的是……殺人兇手嗎？」

吳閎穎轉過身笑了笑，「陳太太，關於這件事情，我們也還在釐清，所以在結果尚未明朗之前，傅先生都是無罪的。」說完，就與曾滯離開了。

接著他們來到索思薇大安店，「你好，我們是北市警察局的刑警，想要找你們店長。」曾滯把警察證拿給招待櫃台的服務生看。

一分鐘後，一位身穿西裝的男士朝他們走來，「不好意思讓兩位久等，我是大安店店長劉羽強。」

「劉先生您好，抱歉在這時候打擾，請問方便進一步說話嗎？」曾滞露出微笑。

劉羽強略為遲疑，「好的，請到我的辦公室來吧。」

進了辦公室後，劉羽強問兩人是否需要飲料，不過吳閎穎回絕了。

「劉先生是傅偉誠先生的大學朋友，對吧？」吳閎穎問。

「是的，我們是同班同學。」

「什麼時候開始構思要一起創業的呢？」

「是升大四的那年，我跟偉誠還有其他幾個朋友修了同一堂課，那堂課的內容和創業有關，於是我們幾個好朋友就計畫在畢業後共同開一間餐廳。」

「我聽說你們的資金，有部分是來自傅太太以及她父親？」

劉羽強的臉色微微地變化，雖然很不明顯，但吳閎穎都看在眼裡，「嗯，沒錯，當初傅太太確實有借一些錢給我們，後來擴張分店遇到財務危機時，也有受到李先生的許多幫忙。」

「所以當初是傅偉誠先生親自向岳父開口嗎？」

「據我所知，是傅太太去請她父親幫忙的。」

「這樣啊——對了，你知道他們為什麼都沒有生小孩嗎？」吳閎穎盯著劉羽強。

「這我倒不清楚呢，偶爾會提起這個話題，但偉誠都是笑笑帶過，不會特別說什麼。」

「你跟傅太太也是同學，那你們熟嗎？」

「嗯，應該稱不上熟，雖然我跟偉誠交情很好，不過跟他太太倒沒什麼交集，有時大家會一起出去旅遊，但我跟傅太太不會有私下往來。」

「那傅先生跟傅太太有各自很好的朋友嗎？」

「偉誠交友蠻廣闊的，她太太最好的朋友應該就是魏瑾晨吧。」

「好的，謝謝。打擾到你上班真是不好意思，我們先告辭了。」

中午隨意吃過午餐，吳閔穎和曾瀞便出發到醫院，走到五樓魏瑾晨所住的單人病房，吳閔穎輕輕敲了敲門。

「請進。」魏瑾晨的聲音隔著門傳出來。

吳閔穎和曾瀞走入病房內，魏瑾晨正在翻閱時尚雜誌，她抬起頭，似乎頗感訝異：「你們是警察？」

「是的。」兩人照慣例拿出刑警服務證。

「請問有什麼事呢？」

「一來探訪您，二來詢問有關傅偉誠先生的事情。」曾瀞走到病床邊，親切得問：「魏小姐身體有好些嗎？」

「這幾天偶爾還會輕微頭痛，不過大致上已經好很多了，醫生說再觀察一陣子應該就能夠出院。」魏瑾晨把雜誌闔上，放到一旁，「謝謝兩位關心。」

「不必客氣。」吳閎穎坐在病床旁的椅子上，曾瀞則站在旁邊，「魏小姐，方便請教妳幾個問題嗎？」

「好的。」魏瑾晨稍稍調整坐姿。

「妳跟傅太太……」吳閎穎話還沒說完，就被魏瑾晨打斷。

「不好意思，可以請你改用家甄的本名嗎？我不想聽到『傅太太』這個稱呼。」

「ＯＫ，妳跟李家甄小姐是高中和大學同班同學，對嗎？」

「是的，我們同班七年，是無話不說的好姊妹。」

「所以李家甄小姐與她先生之間的事，都會告訴妳？」

「當然會。」

「包括最近發生的事情？」

「是的，她有跟我說。」魏瑾晨的眼神看起來很堅定。

「是什麼時候告訴妳的？」

「三個禮拜前的星期五，也就是我被人攻擊的前天，那天早上家甄打電話給我，問我有沒有空，但我剛好在上班，於是就跟她約晚上吃飯，結果一見面我就發現她樣子非常不對勁，後來家甄跟我說傅偉誠對她施暴之外，甚至還強暴她。」

曾瀞在一旁瞪大了雙眼，不過手沒有停止紀錄。

「後來呢？」吳閎穎倒是不為所動。

「那天晚上她在我家過夜，隔天中午吃過飯就回家了，之後我有傳訊息給她。」魏瑾晨拿出手機，遞給吳閎穎。

吳閎穎迅速地看過對話紀錄之後，把手機交給一旁的曾瀞。

「所以三周前的星期五晚上，你們約在哪吃飯？」

「泰陽廚房。」

「在科技大樓站附近？」吳閎穎知道那間有名的泰式料理餐廳。

「對。」

「傅先生以前有過暴力傾向嗎？」

「沒有，所以我真的以為自己聽錯了，如果不是家甄給我看身上的傷，我恐怕很難相信傅偉誠會動手打人。」

「所以直到現在，李家甄小姐都沒有跟妳連絡？」

「對，不過我聽朋友說，我被送到醫院的隔天白天，她有來看我。」

「之後還有來嗎？」

「這我就不清楚了，也許有來，只是剛好沒遇到其他人。」

「那妳知道傅先生有什麼交情很好的朋友嗎？」

「宥勳，就是剛剛那位告訴我家甄來過的人。」

「他是……？」

「我跟家甄，還有宥勳都是大學同班同學。」

於是吳閎穎向魏瑾晨要了何宥勳的聯絡方式。

「魏小姐，感謝妳的配合，那我們先離開了，請多休息。」

「刑警先生，如果家甄真的遭遇到不幸，麻煩你們一定要把兇手抓出來！」魏瑾晨的眼眶有點濕潤。

「會的。」吳閎穎只是點點頭，便走出病房，但他們沒有直接離開，而是走到五樓的護理站，兩位年輕的護理師正低頭看著文件。

「不好意思，打擾兩位，」曾瀞開口，護理師立刻抬起頭看向她，「請問兩位有看過這個人嗎？」曾瀞拿出一張照片。

「咦，這不是最近上新聞的傅太太嗎？她是魏小姐的朋友吧，魏小姐剛住院的那週有來看她。」男護理師回答。

「她是什麼時候來的呢？」曾瀞繼續追問。

「星期一有來，因為她問我魏小姐住的病房在哪，所以我印象很深。」另一位女護理師皺著眉思考，「星期四也有來對吧？」她看向自己的同事想尋求確認。

「星期三跟星期四都有，那兩天我都在走廊上遇到她，她還跟我點頭打招呼。」男護理師回答得斬釘截鐵。

「星期三我休假。」

「兩位確定嗎？」吳閎穎再次確認。

「非常確定！」男護理師回答，女護理師則點頭回應。

離開醫院，兩人坐上車，「學長，接下來要去哪裡？」

「先去泰陽廚房。」

曾瀞發動車子，往科技大樓站開去。

過了正餐時間，泰陽廚房的門口吊著一個「準備中」的牌子，吳閎穎推開門，直接走入店裡。

「不好意思，要等到五點才會開放用餐喔！」一位女服務生正在擦拭餐具。

「我們是北市警察局的刑警，正在調查案件，麻煩請這間店的負責人出來。」吳閎穎亮出警察證明。

「喔！好的，請稍等一下！」女服務生迅速跑進廚房裡，立刻有一位身材魁梧的男子走出來。

「你好，我是這間店的店長，兩位找我有什麼事嗎？」

「不好意思打擾到您休息，請問三週前的星期五晚上，有這兩位客人到貴店用餐嗎？」曾瀞拿出兩張照片，一張是魏瑾晨，另一張則是李家甄，旁邊的女服務生也好奇地把臉湊向照片。

「啊，是她們！」女服務生突然叫出聲。

「小瑪那天上晚班啊？」店長問，小瑪則點點頭。

「請問妳記得她們幾點來、坐在哪裡嗎？」曾瀞問小瑪。

「嗯……我記得大概是八點多吧，然後坐在那個位置。」小瑪的手指向店內最深處的位置。

「那她們當天有發生什麼事情嗎？任何讓妳印象深刻的事。」

「這個嘛……」小瑪一副欲言又止的樣子，並看向店長。

店長知道小瑪顧忌著他平常的叮囑——不要亂說顧客的八卦，不過他明白這次狀況不同，「沒關係，現在警察在問妳話，有什麼事情就直說吧。」店長拍拍她的肩膀。

小瑪吞了口口水：「那天我看到右邊這個人，她是叫李家甄嗎？我看到她在哭，然後她朋友在一旁安慰她。」

「那妳有聽到她們的談話內容嗎？」曾瀞繼續問。

「呃，有聽到一些，但不清楚，我不是有意去聽的，只是經過的時候多少會不小心聽到。」小瑪看起來有點緊張，趕忙解釋。

曾瀞心想，這間店的店長平常對員工的教育應該很嚴厲，「那妳聽到些什麼呢？」她露出親切的微笑，試圖緩和小瑪不安的情緒。

「我有聽到她說她先生動手什麼的，然後她朋友一直說好過分之類的話，就這樣，其他的我都沒有聽到了！」這時，曾瀞看向吳閔穎。

「妳說的都是實話嗎？」吳閔穎由上而下看著小瑪。

小瑀被吳閔穎的眼神嚇到，她立刻舉起右手，「我發誓我沒有說謊！我剛剛說的話全部都是真的！」

「好的，小瑀，謝謝妳。」曾瀞點頭示意，「店長，那我們先告辭了。」

「好的，兩位請慢走。」

吳閔穎與曾瀞走出店外。

「學長，你剛剛口氣太兇了吧！對方只是個小女生耶，要憐香惜玉啦！」曾瀞發動車子。

「憐香惜玉這種事跟我無關。」吳閔穎面無表情。

晚上七點多，何宥勳正在吃附近街上買的燒臘飯，看著電影台重播無數次的周星馳電影，進入廣告的時候，門鈴突然響了。

「請問哪位？」

「何先生嗎？我們是北市警察局的刑警，想請教您一些問題。」曾瀞對著對講機說話。

「請問可以把你們的警察證明拿到貓眼前面嗎？」

於是吳閔穎和曾瀞輪流把警察證明放在貓眼前，何宥勳確認後便把大門打開，「兩位請進。」

「何先生真是謹慎呢。」吳閔穎微笑著說。

「因為前陣子不是有人假冒成警察到處行騙嗎？所以覺得還是謹慎些比較好。」何宥勳帶著他們走進客廳，「一個人住，所以屋子有點亂，還請見諒。」他拿起放在沙發上的幾本書。

「不會啊，何先生的房子很乾淨，我還以為有專人幫你整理呢。」吳閎穎坐下，到處打量著。

「喔，我目前單身，沒有女朋友。」

「那有男朋友嗎？」曾瀞打趣說道。

「哈哈，現在的警察真愛說笑，我是異男啦，兩位應該不是專程來問我性向的吧？」

「當然不是，我們是來問傅偉誠先生以及他太太的事情。」吳閎穎調整到一個舒服的坐姿，「何先生，你跟傅先生怎麼認識的？」

「我們是大學同學。」

「交情好嗎？」

「還可以，他偶爾會來我這裡拜訪。」

「那他曾經跟你聊過他太太的事情嗎？」

「嗯，不太會提到。」

「你跟傅太太熟嗎？」

「不算熟，我們幾乎沒有往來。」

「那你對她有什麼看法呢？」

「家甄嗎？她很漂亮、異性緣很好，不過……個性上有點難相處。」

「難相處？」吳閡穎露出好奇的表情。

何宥勳搓了搓臉頰，「該怎麼形容呢……應該就是有一點公主病吧，她會希望大家都順從她的意思。」

「明白了。」吳閡穎點點頭，「那你對於傅偉誠動手打了他太太這件事有什麼看法嗎？」

「呃，其實我沒有很意外，這樣說有點奇怪，可是當我看到新聞時，覺得挺合理的。」

「怎麼說呢？」

「有一次他來喝酒，大概是喝多了有點醉意吧，但沒想到他竟然拿酒瓶砸牆壁，我那時候被嚇到想阻止他，結果差點被他揍！總之傅偉誠似乎在喝酒後會有點暴力傾向。」何宥勳攤手，「所以當新聞報導說，傅偉誠對李家甄施暴，我並沒有感到太訝異。」

「原來如此。」

問完話後，吳閡穎和曾潚便離開何宥勳所住的公寓，準備面對今天最難處理的行程。

站在李家甄父母位於捷運劍南路站附近的三層獨棟透天厝前，曾潚感到有些惴惴不安。

「走吧，該來的還是會來。」吳閡穎按下電鈴。

「請問是哪位？」幾秒後，一位中年女子的聲音從對講機傳出。

「妳好，我們是北市警察局的刑警。」吳閡穎回答。

只聽見黑色鐵門「啪」一聲自動彈開，「兩位請進。」

吳閎穎和曾瀞走過一個大庭院，庭院裡擺著一張大理石桌和椅子，旁邊還有魚池跟植栽。此時，刻著雕花的厚重大門開啟，穿著一般家居服飾的中年婦女從門後探出身。

「妳好，我是北市警局的刑警，敝姓吳。旁邊這位是我的同事。」

「您好，敝姓曾。」曾瀞趕緊自我介紹，並拿出服務證。

「兩位好，我是家甄的母親。請直接進來吧。」

「打擾了。」換上室內拖鞋後，三人走進客廳，吳閎穎和曾瀞都忍不住環視這個簡約卻又不失氣派的超大客廳。

「兩位請稍坐一會，我先生等等就出來。請問你們要喝什麼呢？有熱茶、果汁……」

「李太太不用客氣，我們只待一下就會離開。」吳閎穎不想麻煩這個看似尊貴，但又無意中透露出疲態的女士。

「喔喔，好的。」

這時候，一個充滿威嚴的男士從樓梯走下來，一頭白髮豎立著，雙眼炯炯有神，身穿應該是剛剛才換上的硬挺深藍色襯衫。

「李先生你好，我們是北市警局的刑警。」

「請坐。」李先生仍是滿臉嚴肅，然後他頭一轉，對著太太劈頭一句：「客人來了，怎麼沒有準備飲料呢？」

吳閔穎正想開口婉拒，沒想到李太太趕忙彎腰道歉，「抱歉，我現在就去。」然後迅速朝廚房走去，一下子就端出茶壺和茶杯，並為三人倒茶。

「兩位今天是為了家甄的事情前來吧。」李先生直接切入正題。

「是的，想請教兩位幾個問題。」吳閔穎開口，卻發現李太太倒完茶後，竟然就端著托盤，畢恭畢敬地站在李先生所坐的沙發斜後方。

「直接問吧。」

「是這樣的，想請問兩位最近一次跟令嬡聯絡是什麼時候？」

李先生想了一下，「一個月前她有回來一趟。」

「之後都沒有任何聯絡嗎？」

「沒有。」李先生回答得斬釘截鐵。

「那令嬡上次回家時，有沒有透漏任何奇怪的訊息？或是顯露出一些不尋常的跡象？」

「你是說與傅偉誠有關的事情嗎？」

「之類的、相關的事情，或是不相關的也可以。」

「通常被家暴的人都不會張揚吧。」李先生似乎不大高興。

剛剛一直沒說話的李太太突然開口，「警察先生，我的寶貝家甄是個很貼心的女兒，因為怕我們兩老擔心，所以她從來不曾把不順心的事情告訴我們。」

「我明白了。」吳閔穎點點頭。

「我說你們這些警察啊，與其在這邊浪費時間，為什麼不快點把那個殺人兇手抓起來呢！」

李先生突然暴怒大吼。

「李先生，目前的證據還不足以證明你的女婿就是兇手。」

「昏庸！虧我每年繳那麼多稅，沒想到是在養你們這些飯桶！」

眼看場面即將失控，吳閎穎和曾瀞急忙起身，「不好意思打擾兩位休息，我們先告辭了。」

匆匆走出大門，吳閎穎心想，看來這趟白跑了。

「他們家的父權主義好明顯。」曾瀞開口。

「是啊，令人感到不舒服。」

「而且也問不出個所以然，家暴這件事，似乎已經讓他們認定傅偉誠就是兇手了。」

吳閎穎無奈地點點頭，然後打開車門。

「學長，你怎麼看呢？」曾瀞坐進副駕駛座。

「妳是說，關於這件案子的看法嗎？」吳閎穎發動車子。

「是啊，雖然有一分證據才說一分話，但學長應該已經有自己的看法了吧？」

「當然有，不過說真的，我不太敢妄下斷言，畢竟還沒找到李家甄，目前還不能確定她是生是死，就算不在人世了，也還不知道是自殺或是他殺。不確定的事情還太多。」

「不過大部分媒體都說，是傅偉誠殺了自己的妻子呢。」

「對啊，所以我在辦案期間都盡量不看電視。」吳閎穎在心裡翻了個白眼，新聞媒體還真的自以為是偵探啊。

「學長是怕被影響嗎？不過，新聞媒體真的很可怕呢！他們不知道從哪裡找到一堆跟傅偉誠、李家甄相關的資料，還跑去訪問他們的親朋好友，就隨便做出結論，說傅偉誠是兇手，簡直比我們還厲害！」曾瀞搖搖頭，似乎頗感不以為然。

「唉，不意外，媒體看圖說故事的能力實在太強了，這也算是種亂象吧。」吳閎穎伸出右手，按下音樂播放鍵。

「學長，你好像很愛這首碧昂絲的歌喔？」曾瀞語帶調侃，看著吳閎穎。

「妳有什麼意見嗎？」後者故意擺出凶狠的臉。

「沒有啦，」曾瀞笑笑：「我的Gay朋友很多都愛跳舞，然後他們都超愛碧昂絲的舞曲，但學長平常給人一種凶狠的感覺，有點難和碧昂絲作連結。」

「我也是有私生活的，好嗎？」吳閎穎又默默地在心裡翻白眼。

「欸欸，學長，等這件事情結束，我們來去夜店玩，我知道有間的ＤＪ很愛放碧昂絲的歌喔！」曾瀞一臉興奮，還把雙手舉起來搖。

「以後再說，我很忙。」

「走啦！學長，很好玩的！」

「再考慮。」

這條路又直又長，現在還看不到盡頭，但吳閎穎相信只要持續往前駛去，總會到達想要去地方。

他伸手把音量調大，右腳用力一踩，配著碧昂絲有力的嗓音與輕快的節奏，繼續加速前行。

拾伍

住在世新大學附近的秦語姮今天難得放假，傍晚的時候，她帶著鄰居託她照顧的小男孩小姚，一起沿著河堤散步，早上還陰雨連綿，沒想到中午過後就放晴了。

「秦姊姊，我們下去玩！」小男孩指著河堤下，水面上一大片土石形成的沙洲。

「好啊，但要小心喔，小姚別跑這麼快！」秦語姮緊跟在小姚後頭。

小姚似乎非常喜歡這片沙洲，每次散步都要求到這邊玩，這時他正看著遠處的河面。

「秦姊姊，那是什麼啊？」小姚轉過頭，用手指著上游的方向。

「嗯？」只見一個黑色行李箱在水裡載浮載沉，緩緩朝他們漂來。

行李箱慢慢往沙洲靠近，接著就被一塊大石頭卡住，小姚興奮得朝行李箱跑去。

「小姚，小心點，別摔倒了！」秦語姮也快步朝小姚走去。

小姚正試圖把行李箱拉上沙洲，但顯然力氣不夠，「秦秦姊姊，快來幫我！」小姚仍不放棄，使勁得拖拉著。

「來，我幫你。」秦語姮伸出雙手，抓住行李箱的把手，用力往沙洲上拽，終於把行李箱拉離水中，「呼。」她喘著氣，沒想到這行李還真重。

小姚蹲下，正準備把行李箱打開，秦語姮趕緊阻止，「等等，小姚，這樣不好吧？我們還是把它交給警察叔叔好了。」

「可是秦秦姊姊，這個箱子這麼重，我們根本拿不動啊，不如先打開，看看裡面是什麼，如果只是垃圾，那也不用給警察叔叔啦！」說完，小姚就拉開了行李箱的拉鍊，「哇啊！」突然，兩人發出慘叫聲。

行李箱內，裝著一具已經泡到浮腫的屍體，面部朝上，正惡狠狠瞪著秦語姮與小姚。

小姚迅速地跑到秦語姮背後，他全身顫抖，「秦秦姊姊，怎麼辦？」

「我……我來報警。」秦語姮用不斷發抖的右手，從口袋撈出手機，她必須用雙手握住，手機才不至於滑落。

「隊長，屍體已經確認過了，正是李家甄女士的遺體。」一名警員向吳闓穎報告，吳闓穎點點頭，朝秦語姮走去。

「秦小姐，不好意思，待會可能要麻煩妳到警局作個筆錄。」

「嗯，好的。」秦語姮的情緒似乎已經穩定許多。

「警察先生，那我跟小姚呢？」一旁的小姚還有他母親仍顯得驚魂未定。

「黃太太，妳先帶著兒子回家吧。」

「好的好的，謝謝！」黃太太如釋重負，臨走前她握住秦語姮的手，「秦秦，妳保重。」說完，就帶著小姚離開了。

吳閎穎和曾瀞目送他們，「真可憐，不知道會不會對那個小男孩留下陰影。」曾瀞嘆了一口氣。

發現李家甄屍體的消息，很快地就透過新聞媒體，傳至全台各地。

「吳警官，請問李家甄女士的屍體被發現，是否就代表著傅偉誠先生殺害了自己的妻子呢？」吳閎穎被一堆記者包圍，還被麥克風撞到下巴。

吳閎穎耐住性子，臭著一張臉：「目前仍在調查中，請各位不要妄下定論，謝謝。」說完，就坐上車揚長而去。

記者也立刻圍住李家甄的父母，李家甄的母親哭紅著雙眼，而李家甄的父親則沉默不語，在警方的護送下，兩人坐上警車離開現場。

發現屍體幾天後的早晨，傅偉誠坐在客廳，他最近整夜失眠，現在渾渾噩噩地對著長桌上剛泡好的咖啡發呆，門鈴響了第三次他才回過神。

「傅先生，我們又見面了，這個是搜索令。」吳閎穎把搜索令舉到傅偉誠面前。

傅偉誠沒說什麼，一群鑑識人員走入屋內，開始到處找尋可疑的線索。

「隊長，我們在二樓發現血跡。」一個鑑識組的隊員，走到站在一樓客廳的吳閎穎身邊。

「帶我去看。」兩人走上樓，就在雜物間的門框上，有幾滴已經乾涸的深紅色血跡，因為門框是深褐色，如果不仔細看的話，根本不容易察覺。

吳閔穎心頭一震，上次撿到玻璃碎片的地方就在附近。

「這附近要好好檢查。」

「是的。」

搜查在接近中午時告一段落，一行人準備離開，吳閔穎走到站在庭院的傅偉誠面前：「傅先生，有什麼想要說的嗎？」

「沒有。」傅偉誠看著眼前這位警官，吳閔穎銳利的眼神彷彿可以穿透人心似的，令他不寒而慄，但傅偉誠仍然故作堅定地盯著吳閔穎。

就這樣互相凝視三秒，吳閔穎突然開口：「搜查結果很快就可以出來，後會有期。」

家中遭到搜索的幾天後，傅偉誠吃完晚餐，正準備走回家，看到庭院外有一輛警車，吳閔穎靠在後車廂上喝著罐裝飲料，曾瀞則站在一旁低頭看著小筆記本。

「傅先生方才是去吃晚餐嗎？」吳閔穎開口。

「是的，兩位等很久了？」不安的預感爬上傅偉誠心頭。

「不，我們也去吃了晚餐，剛剛才到。」吳閔穎把手中的飲料一飲而盡，「我們進屋裡談吧，站在這裡不方便說話。」

入屋後，傅偉誠坐在沙發上，不過吳閡穎與曾瀞都站著。

「兩位不坐嗎？」傅偉誠抬起頭問。

「不了——曾瀞，把資料拿出來吧。」

曾瀞先把一疊照片抽出，放在客廳的長桌上。

「這是？」傅偉誠看著照片中深色的地面上有一片螢光藍。

「傅先生，這是前幾天搜查時拍下的照片，這張照片的拍攝地點就在二樓的雜物間旁邊，我們的鑑識人員在門框上找到血跡，並且發現地板上有血跡反應。」吳閡穎解釋著，接著抽出第二張照片。

「看得出這是哪裡嗎？」

傅偉誠搖搖頭。

「這是樓梯。」吳閡穎接連拿出幾張照片，「血跡從二樓樓梯，一路延伸到一樓，血量從上至下，慢慢減少，這代表流血的人是從二樓移到一樓，然後再從一樓樓梯，繼續延伸到那邊，」吳閡穎手指著大門玄關，並抽出最後一張照片，螢光藍出現在玄關的地板上。

傅偉誠目瞪口呆，吳閡穎則繼續解說。

「既然有了血跡，那就要問：是誰流的血？檢驗的結果，不管在門框上還是地板上，全部的血跡都與你太太的血型吻合。」吳閡穎伸出手，曾瀞又把另一份照片與資料遞給他，「接下來，就要知道是什麼東西造成你太太流血，法醫驗屍的結果，發現在後腦杓的地方，有些許玻璃碎片卡在頭皮，此外還有嚴重的割傷與刺傷，推測是因為後腦被玻璃製品重擊，並且被利器割破頭皮，導致出血過多而死亡；接著，我們也在二樓好幾處找到了玻璃碎片，更有意思的是，調查人員還在你的室內拖鞋鞋底，找到一模一樣的玻璃碎片，至於這些玻璃是怎麼來的呢？報告顯示，玻璃碎片沾有酒液，因此推估是酒瓶，兇手利用酒瓶打傷李家甄女士。如果我沒記錯，傅先生有收藏酒的習慣吧？」吳閎穎看著傅偉誠，再看向電視旁的酒櫃，此時傅偉誠的臉已經一片鐵青。

「根據法醫的驗屍報告，推估李家甄女士的死亡時間是在十月二十二到十月二十四號之間，但是醫院的護理人員曾經在二十二號以及二十三號遇到她，所以最有可能的時間就是二十四號，不過傍晚的時候，社區的莊小姐以及店員都在超商遇到李家甄女士，所以我們推測，李家甄女士應該是在二十四號晚間被殺害的。」吳閎穎用冰冷的眼神狠狠勾著傅偉誠，「所以現在問題來了，傅偉誠先生，請問十月二十四號的晚上，你在哪裡？」

「我在店裡。」傅偉誠回答。

「在店裡待到幾點呢？」

「那天晚上十點打烊後，我跟兩位分店長留在店裡，為了加強店內的防颱措施。」

「所以請問是幾點才離開的？」吳閎穎追問。

「他們大概是快十一點離開的。」

「那你呢？」

「我沒有離開，因為風雨太大了，再加上我怕店裡會有突發狀況，所以我當晚就睡在休息室裡。」吳閔穎看見汗珠從傅偉誠額頭滑落。

「這樣的話，代表你無法提供自己的不在場證明囉？」

「我想是……沒有辦法。」

「傅偉誠先生，雖然我的工作是追拿犯人，但還是有義務要告訴你，別忘了自己的權利，記得找個好律師為你辯護，幸運的話也許可以減刑幾年。」

此時，傅偉誠迅速站起來：「我不會請律師的！」吳閔穎不動聲色，曾瀞則露出訝異的神色。

「我又沒有殺害李家甄，為什麼需要請律師？」傅偉誠直視著吳閔穎，似乎有點憤怒。

吳閔穎冷笑一聲：「希望到時候在法官面前，你還有這樣的勇氣說出同樣的話。」

「吳警官，我請問你，如果我真的殺了人，那我的動機是什麼？」傅偉誠一副理直氣壯的樣子。

「事到如今，你還不承認嗎？除了後腦的致命傷，法醫也發現你太太的身上有多處瘀傷，此外，下體和肛門都有撕裂傷，這些都是舊傷。」吳閔穎似笑非笑：「所以我想魏瑾晨小姐說的話，恐怕並非憑空捏造。」

傅偉誠啞口無言，張著嘴似乎還想辯解，但卻一個字都吐不出來。

「各位觀眾朋友您好，歡迎收看今天的午間新聞，我是主播鄭家寧，首先要帶您關注前些日子傳出的傳偉誠殺妻案，就在昨天晚上，這件駭人聽聞的命案有了關鍵性的發展，根據法醫化驗結果顯示，李家甄女士是遭人從後腦用玻璃器重擊，頭皮上還有多處刺傷與割傷，因此導致失血過多而身亡，而傳偉誠先生也因為無法提出有效的不在場證明，被警方列為頭號嫌疑犯，接下來是我們的深入報導。」

傳偉誠從沒想過，情況會變得如此棘手，他也沒想過有一天，自己竟會成為過街的老鼠。

雖然身為創辦人之一，但在警方正式把傳偉誠列為嫌疑犯的隔天，他就收到了其他幾位公司夥伴的訊息，要傳偉誠好好待在家休息，暫時不用到店裡上班，但其實傳偉誠很清楚，他們正試圖要與自己切割，索思薇官網上的創辦團隊介紹，也已經撤下傳偉誠的資料和照片，他們想盡辦法把自己跟索思薇劃清界線，因為自從爆出殺妻案的傳聞，索思薇的生意確實明顯受到影響，各分店的每日營業額至少都下滑了兩到三成。

傳偉誠也開始接到恐嚇電話，會有不顯示號碼的人打來要他去死，也有人透過臉書訊息罵他是喪心病狂的人渣。

這幾天他都不敢出門，傳偉誠還記得遭到訊問的隔天下午，他到附近的超級市場想買些東西，結果正當他在思考要買豬肉還是雞肉的時候，一個中年婦女朝他衝過來，不由分說地就指著他破口大罵：「傳偉誠，你這狼心狗肺沒人性的下流變態！竟然殺了自己的老婆，你噁不噁心啊！現在還敢出現在這裡丟人現眼，你還要不要臉啊？」然後就拿手上的斜肩包打他，旁邊的人都在側目，並且竊竊私語。

「你看，殺人兇手耶！」

「天，他還吃得下那些肉？噁心死了。」

「你知道新聞有報導嗎？他其實是為了錢，才跟他太太結婚的。」

傅偉誠嚇得落荒而逃，什麼都沒有買就直接跑出超級市場，而那位中年婦女還一路追到馬路上，對著已經跑遠的傅偉誠大聲叫罵。

傅偉誠坐在客廳的沙發上，默默對著關閉的電視發呆，原來被視為瘟神是這種滋味，現在的他已經不敢打開電視了。

忽然，放在旁邊的手機響起。

「喂，是我，你這幾天還好嗎？」是何宥勳關心的聲音。

「還可以，不過家裡快沒有食物了，但我又不太敢出門買東西。」

「那需要我幫你帶點什麼嗎？」

「可以嗎？會不會太麻煩你？現在屋外都有記者，你來的時候要注意一點。」傅偉誠想到昨天還有記者瘋狂按電鈴，要他出面說明。

「不會啦，你該不會忘記今天是你的生日吧？」

傅偉誠還真的忘記今天是自己生日。

「好啦，那我今晚下班會過去一趟，順便帶個小蛋糕慶祝一下。」

掛掉手機後，傅偉誠起身走到廚房，家裡只剩泡麵和冰箱裡的幾顆蛋，何宥勳這通電話還真是及時雨啊，他心想。

晚上八點多，何宥勳提著兩大袋食物，才走到社區入口就看見傅偉誠家前面停了三輛車，此時有一位男記者轉頭看他，立刻像是發現獵物的飢餓野獸，朝何宥勳跑過來，其他記者見狀也趕緊跟上。

「你是傅偉誠的朋友對吧？請問你是來找傅偉誠的嗎？」麥克風擺在何宥勳的面前。

「是的。」何宥勳擺出一張臭臉。

「為什麼會來呢？他不是殺妻兇手嗎？你跟李家甄女士不是朋友嗎？」

「請你們不要再捕風捉影了！在偉誠被判定有罪之前，他都是無罪的。」何宥勳實在很想把這些人一腳踹走：「還有，你們擋到我的路了！請讓開！」他用力撞開一旁的女記者，朝傅偉誠家快步跑去。

「何先生、何先生，請等一下！」記者們仍試圖追著他。

何宥勳又急又慌，拍著大門，要傅偉誠趕快開門，眼看記者們就要追上，這時傅偉誠家的門打開了。

「快進來！」傅偉誠迅速把何宥勳拉進屋內。

「天啊，他們也太可怕！」何宥勳喘著氣，一副驚魂未定。

「抱歉，造成你的困擾。」

「算了，沒關係啦！」何宥勳深吸一口氣：「我買了公館那間超級受歡迎的親子丼，趕快趁熱吃吧！待會再來切蛋糕，這是在萬芳醫院對面，你最愛的烘焙坊買的喔。」

兩人坐在餐桌，傅偉誠似乎很餓，不斷地低頭扒飯，何宥勳則坐在對面，一直盯著他看。

傅偉誠察覺到何宥勳的視線從剛才就落在自己身上，於是抬起頭：「你怎麼還不吃？發生什麼事了嗎？」

「啊，沒什麼啦。」何宥勳用湯匙攪拌著丼飯，不過仍然沒有要開動的意思。

「有問題就直接說吧，悶在心裡多難受。」傅偉誠喝了一口飲料。

「其實沒什麼，我只是想問你，你和家甄……」話還沒說完，就被傅偉誠打斷。

「你這是在懷疑我嗎？」他用力放下筷子。

「偉誠，我沒有這個意思，只是你上次到我家的時候，跟我說你和家甄的關係變得不太好，所以我才會忍不住想問你！我並沒有懷疑你是兇手！」何宥勳連忙解釋。

不過傅偉誠似乎變得更加生氣，「你就是在懷疑我！」

「我也是不得已的啊，誰叫新聞每天都在播這件事！」何宥勳試圖為自己辯解。

「那你去相信記者啊！根本不需要問我！」傅偉誠大吼完，就起身往樓梯走去。

「偉誠，你聽我說，我真的不是故意要問你這個問題。」何宥勳跟在傅偉誠後面，看著他頭也不回地走上二樓，只好默默走回餐桌坐下，吃起已經變涼的親子丼。

晚上十一點多，小蔡還待在萬芳派出所，因為一直找不到黑衣人的其他線索，這幾天都被罵到臭頭，他只好留下來加班。

正當他一邊吃著超商買來的微波水餃，一邊看著電視新聞播出何宥勳出現在傅偉誠家的畫面，突然覺得很眼熟，這個人好像在哪裡看過，他不斷搜尋腦海裡的記憶片段。

「不會吧？」忽然，小蔡想起他在哪裡看過何宥勳了。

拾陸

結束忙碌的一天，吳閎穎和曾瀞正坐在一間專賣義大利麵的餐廳吃晚餐，此時店裡人滿為患。

「學長，其實有件事，我一直很在意，但不知道該不該說。」曾瀞喝了一口酥皮濃湯。

「說來聽聽。」

「就是關於傅偉誠的事情，我總覺得很奇怪。」曾瀞貼近吳閎穎，小聲地說。

「哪裡奇怪？」

「你難道不覺得，自從我們發現了李家甄的屍體後，一切都變得太容易嗎？如果傅偉誠真的殺害了他太太，為什麼會沒有好好清理血跡跟玻璃碎片呢？甚至連屍體的衣物都還是完整的，我覺得最誇張的是，他連他太太左手上的手鍊都沒拿掉，這不是增加屍體被指認出來的可能性嗎？」曾瀞一連提出好幾個問題。

吳閎穎沒有立刻回答，他拿起叉子捲著盤中的麵條，才慢條斯理得開口，「有時候，通往真相的路就是最簡單的那一條。」然後將捲成球狀的義大利麵放入口中。

「是這樣嗎？」曾瀞似乎還想說什麼，但被上菜的服務生打斷。

回到家後，吳閎穎從冰箱拿出一罐啤酒，脫下衣服，裸體走入浴室，泡在熱水裡喝著冰涼的啤酒，看著蒸氣繚繞，這讓他突然想起前男友。

那個抱怨他總是太忙，沒時間好好陪自己的前男友，以前他們也會這樣一起泡在浴缸裡，喝著冰涼的啤酒。

吳閎穎嘆了一口氣，現在想起來竟還是有點感傷。

這時他聽到放在床上的手機在響，他迅速爬出浴缸，溼著身子接起電話。

「曾滌，什麼事？」

「學長、學長，你快打開電視看！看新聞！」曾滌的口氣很著急。

吳閎穎馬上拿起遙控器打開電視，剛好正在播報新聞，一個穿著白襯衫的年輕男性，打扮頗為時髦，站在畫面中央，旁邊有三個人，兩女一男，應該是他的好朋友。

「大家好，我是詹子彥，我想你們一定很好奇我是誰，還有為什麼要開這場記者會，但在回答問題之前，我想要先跟全國的觀眾澄清，傅偉誠先生絕對不會是殺害妻子的兇手！」

吳閎穎瞪著電視螢幕，心想這人的腦袋是否有點不正常。

「我會這樣說，絕對不是信口雌黃，事實上，我有傅偉誠先生十月二十四號晚上的不在場證明，很抱歉這麼遲才站出來為他洗刷罪名，因為我實在有不得已的苦衷……」說到這，詹子彥竟然開始啜泣，左邊的女生趕緊輕拍他的背部，另一個女生則牽起他的手，並接過男生遞來的衛生紙，詹子彥拿著衛生紙擦眼淚，然後深吸了一口氣，繼續說：「我前面所說的苦衷，那就是我……我是……我是傅偉誠先生的外遇對象！」此話一出，全場立刻一片譁然，吳閎穎也不敢相信他剛剛聽到的。

「是的，我是傅偉誠先生的外遇對象，也正是因為這樣，我才很猶豫要不要出面幫他作證，可是看他這麼痛苦，我……我實在不忍心看著他受苦，所以我還是決定出面，證明他不是殺人兇手！他不是像媒體所說的那樣冷血！」此時詹子彥再次崩潰大哭。

吳閎穎緩緩拿起手機，「曾瀞，妳可以告訴我這是怎麼一回事嗎？」

「好，可以關掉了。」吳閎穎伸手按了電腦播放程式的暫停鍵。

事後吳閎穎約談詹子彥，發現他並沒有說謊，詹子彥的手機裡頭有一段影片，是他和傅偉誠在床上親熱的影片，拍攝時間是晚上十一點半，影片長度約一個小時，詹子彥住在中正紀念堂附近，二十四號晚間大約十點五十分左右，公館店兩位副店長才離開，傅偉誠即使車開得再快，也無法在四十分鐘內從公館開到萬美街的家中，然後再回到詹子彥家，更不用說這還忽略動手殺人所需的時間。

此外，詹子彥的電腦中還有視訊鏡頭拍下的紀錄，他說只要傅偉誠在他家過夜，他都會開著視訊鏡頭攝影，影片也顯示傅偉誠從二十四號半夜到隔天早上，都待在詹子彥的住處裡頭。

詹子彥在受偵訊的過程中表示，他和傅偉誠是一年前透過手機上的同志交友軟體認識，兩人大概一週會見一次面，每次見面的行程幾乎都是看電影、吃飯，然後做愛，但隨著日子久了，兩人也慢慢從單純的炮友，漸漸產生感情上的依賴，有時候傅偉誠只是到詹子彥家聊聊天，不一定會發生性關係。

「其實李家甄也不是什麼好東西，我有個在夜店上班的朋友，有次李家甄約他去開房間，她還說自己單身咧！我朋友是在命案發生後看到新聞，才知道原來那個人就是李家甄，他說她在床上非常浪蕩。」詹子彥似乎對李家甄頗不以為然。

不過對吳閎穎與曾湃而言，他們其實並不在乎李家甄的私生活有多亂，重點是傅偉誠已經不再是嫌疑犯了，這代表兇手另有其人，並且還試圖嫁禍給傅偉誠。

至於李家甄的父母對此表示極度不滿，開始透過媒體，公開指責警方的辦案能力不佳。

「魏小姐，妳最近還會感到不舒服嗎？」男醫師站在病床前，親切地詢問魏瑾晨。

「不會了。」

「好的，檢查結果也顯示妳的身體狀況大致已沒問題，沒意外的話，明天就可以辦理出院手續囉。」

「醫生，真是太謝謝你了！謝謝你這陣子的照顧！」魏媽媽顯得很高興，握住醫生的手不斷道謝。

不過魏瑾晨沒有開心的情緒，電視報導竟然說傅偉誠不是兇手，大家開始質疑、檢討警察的工作效率，卻沒人再關心李家甄生前曾經遭到傅偉誠家暴的事實，也許大家只是抱著看好戲的心態在關注此事吧，這讓她感到有點心寒。

「乖女兒，媽還有事情，先回家一趟，明天早上就來幫妳辦出院手續喔！」魏媽媽在魏瑾晨額頭上親了一下。

「媽，再見。」

「明天見。」魏媽媽打開門，走出病房。

看著關上的房門，魏瑾晨嘆了口氣，走到窗邊看著外頭街道上川流不止的人車，又想起李家甄，不禁流下淚水。

忽然有人敲門，魏瑾晨以為是母親回來拿東西，趕緊擦乾眼淚，一轉頭卻看見完全意料之外的人。

「鍾建和，你怎麼會在這裡？」魏瑾晨作夢也沒想到會在這遇見前夫。

鍾建和手上拿著一盒蛋糕，露出微笑：「我是來看妳的，瑾晨。」

魏瑾晨不知道怎麼描述此時心中的感覺，各種味道混雜著，但好像感動的成分多了一些。

「抱歉，來得很突然，其實我原本想早一點來探望妳的，但又覺得自己的身分很尷尬，畢竟也很久沒有聯絡了。」鍾建和抿了一下嘴唇，「知道妳受傷昏迷，老實說，我真的很擔心，妳被送到醫院的第二天，我還跑來醫院，可是走到病房門口就回去了，昨天終於下定決心要來看妳，所以……我現在來了。」

魏瑾晨點點頭，她感覺眼眶再度濕潤，雖然一直不想承認，但她其實還是很在意鍾建和的一舉一動。

「這是妳最愛的藍莓派，趕快吃吧！」鍾建和晃著手上的盒子。

兩人坐在床邊，吃著魏瑾晨從高中開始就很愛的藍莓派，午後的陽光灑在身上，暖烘烘的。

「一年多了呢。」魏瑾晨指的是離婚至今已經一年多。

「是啊。」

「其實我常在想，當初為什麼如此衝動呢？明明還愛著你，卻又輕易地在離婚證書上簽字。」

「我也覺得很後悔，總覺得自己應該要能體諒妳不想生小孩的心情，但我當時卻這麼意氣用事，真的很抱歉。」鍾建和用左手握住魏瑾晨的右手，「如果我說想復合，妳會答應嗎？」

魏瑾晨笑著說，「還真是突然啊。」

「但妳其實不用立刻給我答案啦，畢竟這不是兒戲，妳好好思考後再告訴我吧！」

「是啊，『來得太快就不容易珍惜』，不是嗎？」魏瑾晨說出他們以前常常講的話，兩人相視而笑。

鍾建和陪魏瑾晨吃過晚餐就先離開了，臨走前說他明天晚上有空，可以去吃一間最近發現的店，那裡的日式料理很棒，順便慶祝魏瑾晨出院。

晚上十二點多，魏瑾晨看著小說，覺得有點疲倦，上完廁所後便躺在床上，想到明天終於可以出院，也想著明晚可以與鍾建和一起吃晚餐，她感到有點不真實，捏了自己的臉頰，想確認這是否只是一場夢境。

想著想著，睡意開始慢慢地佔據腦袋，魏瑾晨逐漸陷入昏沉。

忽然，一股蠻力緊緊扣住脖子，魏瑾晨立刻睜開眼，但房間內一片漆黑，她只看到一個龐大的黑影壓在自己身上。

咽喉被狠狠掐住，呼吸開始極度不順暢，魏瑾晨奮力掙扎著，伸手想按通知鈴，但對方的重量使她動彈不得，漸漸地意識愈來愈不清楚，開始有種頭暈目眩的感覺，既無法吸氣也無法吐氣，胸腔彷彿要爆炸般地難受。

我會死在這裡！魏瑾晨心想。

突然，有人打開房門，病房的大燈射出刺眼的白光。

「何宥勳，住手！」吳閔穎大喊，兩旁的警員則持槍對著何宥勳。

何宥勳一臉驚恐，他完全沒料到會有警察出現。

「把手舉起來！」曾瀞難得露出凶狠的樣子。

鬆開原本掐住魏瑾晨的雙手，何宥勳緩緩將手舉高。

「把他帶走。」吳閔穎發號施令，曾瀞立刻走到何宥勳背後，把他的雙手用手銬銬在後面。

警局的偵訊室裡頭，何宥勳坐在椅子上，對面坐著吳閔穎，曾瀞則站在吳閔穎身旁。

「好的，何宥勳先生，你要先解釋為何會在醫院企圖殺人？還是先說明為什麼之前要襲擊魏瑾晨？又或者先聊聊你是怎麼殺死李家甄的？」吳閡穎手抱在胸前，露出得意的微笑。

何宥勳面無表情：「我沒有殺人。」

「那為什麼你會在醫院出現，並企圖掐死魏瑾晨小姐呢？」

「我……我並沒有要殺死她。」何宥勳嘴唇顫抖，結巴地回答。

「這個問題就先擱著沒關係，我們先來討論十月十九日，也就是魏瑾晨小姐遭人用鈍器襲擊的那天，晚上十一點到隔日清晨兩點之間，你在哪裡？」

「我在家。」何宥勳這時又變得很鎮定。

「做什麼？」

「沒做什麼，就是下班後回到家，然後用電腦、看書，接著睡覺休息。」何宥勳聳聳肩。

「這麼說來是沒有辦法提出自己的不在場證明囉？」

「我想是的。」何宥勳說完，聽到吳閡穎冷哼一聲。

「是這樣嗎？那我想請教何先生，照片中的這個人是誰呢？」曾澔拿出三張照片放在桌上，「您可以告訴我嗎？」

第一張照片是捷運站內監視器畫面，何宥勳穿著藍色襯衫；第二張也是捷運站內的監視器畫面，何宥勳正往男廁走去；第三張則是一張路口監視器畫面，何宥勳走在斑馬線上。

吳閡穎開口解釋，「第一張是在六張犁站拍的，時間為晚上十一點半；第二張是捷運萬芳社區站，晚上十一點四十六分，你走進了廁所；最後一張則是你家附近的路口監視器畫面，當時已經凌晨了，很顯然的，你根本不在家。」

何宥勳看著照片，沒有答話。

「再來，」吳閔穎從曾滸手上接過照片，是一個全身黑衣，戴著黑色棒球帽的人，他正走出廁所，「認得這個黑衣人嗎？這張的地點是在萬芳社區站，時間是晚間十二點，跟襲擊魏瑾晨的是同個人，再說件有趣的事情，我們的同仁發現，你在十一點多進了廁所後，一直到捷運站關閉前，都沒有走出廁所，而監視器畫面，也剛好找不到這個黑衣人進廁所。」

此時何宥勳的嘴巴緊緊閉著，全身微微發抖。

「並不是發生什麼靈異事件，也不是監視器出問題，其實很簡單，因為你就是那個黑衣人！」吳閔穎繼續說，「走出捷運站後，你就等待著魏瑾晨小姐，我們已經看過你跟魏小姐的聊天紀錄與通訊紀錄，那天晚上你有撥電話給她，恐怕就是透過那通電話，套出她當天的行程，並利用網路聊天確認她所在的位置。」

這時曾滸接著開口，「其實您當初應該是想致魏小姐於死地，透過監視器可以看到您原本還想要打第二下的，但很不巧地有人經過，所以您只好拿了錢包跑走，企圖偽裝成一般的搶匪。」

「你們別胡說八道，魏瑾晨是我的好朋友，我根本沒理由這麼做！」何宥勳大吼。

「有沒有理由待會再探究，現在先來討論你是怎麼殺死李家甄的吧。」吳閔穎冷眼看著何宥勳脹紅的脖子和臉。

「不要太過分了！」

「你給我安靜！」吳闓穎大聲喝止何宥勳，然後把兩張拍立得丟在桌上，「何宥勳先生，要不要解釋一下這是什麼呢？」

何宥勳瞪大雙眼看著拍立得，啞口無言。

「如果我沒猜錯，這就是你的理由！」

從高中畢業並成為大學生，那是許多莘莘學子夢寐以求的事情，對那些辛苦讀書三年，只為了進入理想學校的學生，大學就是離開水深火熱日子後的天堂。

我雖然不是讀一流的明星高中，但憑著用功讀書，最後也考上了政治大學英文系，並在那裡遇到我的初戀——傅偉誠。

開學第一堂西洋文學概論，我獨自坐在教室最後一排，已經上課半小時，傅偉誠才偷偷摸摸地從後門溜進教室，並坐在我旁邊的位子。

「嗨！」傅偉誠朝我打招呼，還搭配一個燦爛的笑容，也就是那個無敵的笑容，讓我對他有了最初的好感。

我們很投緣，之後只要上課都會坐在一起，下課後也常常一起吃飯、運動，或是他會騎機車載我出去玩。

隨著相處的時光愈來愈多，我發現自己愈來愈喜歡傅偉誠，於是暗自下定決心，要找時間跟他坦白心意。

十月底的某天晚上，他約我一起去樟山寺看夜景，我們沿著一階一階的樓梯往上，最後終於到了，雖然很累，但視野非常好，我們靜靜地看著深夜裡仍然明亮的台北，突然他的手搭在我肩上，我轉頭看他，他正對著我笑。

「怎麼了？」我問傅偉誠。

「沒有啊，覺得很開心。」

「開心什麼？」

「很開心可以跟你一起看這麼美的夜景啊！」然後他又露出那無敵的陽光笑容。

此時，我有股強烈的衝動，想要說出對他的喜歡。

「偉誠，我們在一起好嗎？」

「咦？」他露出有點訝異的神色。

「嗯，我只是想告訴你，我很喜歡你。不過，你不願意接受的話，也是沒關係的，畢竟……」我的話還沒說完，傅偉誠就吻了我。

於是，我們就開始交往了。

不過我們很低調，因為傅偉誠並不喜歡太張揚，他說談戀愛是兩個人的事，不必刻意昭告世人，我也認同他的觀點，於是只把這件事，告訴我當時的好朋友魏瑾晨。

我們的感情一直都很穩定，也很少吵架，我原本以為我們可以這樣相愛一輩子，但沒想到二年級的時候，傅偉誠開始變了，他變得難以捉摸，常常為小事情大發脾氣，也不再跟我分享他的心情，甚至連睡前的晚安都不說。

後來我才發現，他跟李家甄的往來變得異常密切，交往滿一周年的那天晚上，他來我的租屋處，說想要分手。

「為什麼？」我忍著淚水質問他。

「就是感情淡了，沒感覺了。」傅偉誠面無表情。

「少騙人了！你根本是因為喜歡上李家甄，所以才要跟我分手！」

「隨便你怎麼說吧，我無所謂。」說完，他就轉身要走出房間。

我抓著他的衣服，哀求他不要離開，但他卻狠狠把我推倒在地上，然後頭也不回地走了。

沒想到，隔天傅偉誠又主動回來找我並道歉，我原本以為他是要跟我復合的，而我也準備要答應，但他卻告訴我，希望我們分手後還能繼續當好朋友，老實說，我一點都不意外，因為這就是傅偉誠，他總是努力地想當個好人，也享受大家的讚美，稱讚他是個好人，他不喜歡身上有汙點，更不想讓我成為他生命中的絆腳石，但我不是白癡，當下雖然答應傅偉誠的要求，也一直努力地假裝是他的好兄弟，但其實我早已在心裡，殺死他千萬次了！

「從分手的那一刻起，我就發誓總有一天，我要向這個背叛我的男人，還有那個搶走他的女人報仇，因為他們奪走了我的快樂。而我一直等待著，眼看他們的感情愈來愈穩定，甚至還結了婚，正當我打算要放棄之時，卻從傅偉誠口中得知，他們的感情出了狀況，又無意間從魏瑾晨那邊知道傅偉誠家暴，頓時我又重新燃起希望，所以我才會殺死李家甄，並嫁禍給傅偉誠，因為我發自內心恨透他們。」說到這，何宥勳淚流滿面。

十月二十四號，海神颱風經過，使得台北大風大雨的那個晚上，李家甄躺在床上，好不容易快要睡著，卻在半夢半醒之間，聽到大門鑰匙插入鎖孔轉動的聲響，有人打開門，接著一樓傳來走動的聲音，她沒想到傅偉誠今晚會冒著狂風暴雨回家。

不過隔了很久，傅偉誠都沒有走上二樓，李家甄感到有點奇怪，照理說傅偉誠一回家，應該會先到浴室洗澡，但現在家裡卻寂然無聲，於是她離開被窩，走出房間，發現樓下竟一片漆黑。沒有停電啊！還是剛剛在做夢呢？李家甄百思不得其解，緩緩朝樓梯靠近，「傅偉誠，是你嗎？」她朝一樓大喊。

此時，她察覺到背後好像有人，正準備轉身，後腦卻被重重一擊，伴隨著玻璃碎裂的聲音，接著是頭皮遭到銳利物品劃破，撕裂的疼痛使李家甄趴倒在地，儘管如此，意識還很清晰，她試圖想轉頭，但此時後腦卻突然被尖銳物狠狠刺入，碎掉的玻璃瓶就這樣硬生生插進她的後腦勺。

李家甄看著地板上的血泊慢慢擴散，頭腦愈來愈昏沉，眼皮也愈來愈重，她使勁力氣想要爬起來，但雙手卻不聽使喚，最後眼前一片黑暗，失去了意識。

何宥勳站在旁邊，冷冷地看著李家甄，確認她已經死亡，就抓住她的雙腳，把李家甄的屍體拖到玄關，並趁屍體尚未僵硬前塞入行李箱裡頭。

接著回到二樓，用自己帶來的舊衣物擦拭血跡，並用小掃把清掉玻璃碎片，但不必做得太澈底，因為要讓警方在日後發現這些線索。

何宥勳走回一樓，把沾滿血的舊衣物還有碎玻璃都放進後背包，然後拖著行李箱走出大門，並用鑰匙把門鎖上，這把鑰匙是趁某次傅偉誠到家裡喝酒，在他的酒裡下安眠藥，趁著他昏迷時去鎖店打的。

何宥勳在路邊攔截一輛計程車。

「先生，風雨這麼大，請問你要去哪裡？」

「麻煩你載我到指南路口。」

「沒問題，是要去找朋友嗎？」有點年紀的男司機似乎很好奇。

「對啊，我朋友說自己過夜會怕，一直要我去陪他。」

「女朋友喔？哈哈。」

何宥勳微笑著，沒有答話。

「那一大箱裝什麼啊？感覺很重耶！」

「屍體，因為塞得很滿，所以拿起來有點吃力。」何宥勳面不改色地說著。

「哈哈，這位客人您還真愛開玩笑！」

「司機先生，颱風天還上班喔？好辛苦呢。」

「對啊，要養家活口啊……」接著司機就自顧自說起話，抱怨政府無能，連經濟都搞不好。

在指南路口下車後，何宥勳走上道南橋，看著景美溪河水湍急，他奮力扛起裝著屍體的行李箱，「再會了，李家甄。」然後把行李箱推入溪裡，目睹暴漲的黃濁溪水吞沒李家甄的屍體，何宥勳帶著勝利的微笑走回家中。

吳閎穎和曾滹都默默看著何宥勳，偵訊室內安靜無聲。

何宥勳苦笑，「吳警官，請問你怎麼會知道兇手是我？」

「當傅偉誠有不在場證明之後，我們就認定這是一樁想嫁禍他人的命案。殺人方法有很多，但殺人的理由大致可以歸為兩種，第一種是因為金錢，調查過後，我們認為傅偉誠跟其他人沒有金錢方面的糾紛，既然不是因為錢，那通常就是第二種原因，也就是感情糾葛；我們在傅偉誠的衣櫃裡找到這兩張拍立得相片，當時就覺得有點奇怪，怎麼會把照片藏在衣櫃深處，而且還是你們兩人狀似親暱的合照，不過當傅偉誠的外遇對象出來替他作證時，我就聯想到他可能跟你交往過，畢竟現在還是很多同性戀隱瞞性向，並且跟異性結婚的案例——還有忘了跟你說，異性戀男生通常不會自稱『異男』，所以想到你曾經在我們面前自稱異男，我就更加確定你跟傅偉誠不只是單純的朋友；後來我再度拜訪住在傅偉誠隔壁的陳太太，她跟我說李家甄遇害的前幾天，有看到你去餵威爾斯吃東西。」

「陳太太，好久不見。」吳閎穎看見陳太太正在院子裡澆花。

「你好啊，警察先生怎麼會來，難道是想買上次的茶嗎？」陳太太看起來心情很好。

「不是的，今天想來請教妳其他事情。」

「咦，什麼事呢？」

吳閎穎拿出一張照片，「陳太太有看過這個人嗎？」

「好眼熟……對了！他前陣子有來餵過威爾斯。」

「威爾斯？」

「就是傅先生家養的狗。」

「那是什麼時候的事？」

「應該是上個月的……啊，我記得是海神颱風來的前兩天，那應該是星期三吧。」

「陳太太有跟他說到話嗎？」

「有啊，我問他是誰，他說自己是傅先生的朋友，來幫忙餵狗，餵完就離開了。」

何宥勳喝了一口水，繼續說：「傅偉誠其實並沒有請你幫忙，餵狗只是避免被威爾斯視為陌生人，畢竟狗吠會引起鄰居注意，事後有人說起這件事，就會造成傅偉誠犯案的不合理性。至於會發現你就是襲擊魏瑾晨的兇手，是因為某位同仁很幸運地在看電視時，發覺你很眼熟，那位同仁把這件事告訴曾瀞，經過我們推測後，覺得這件事也許跟李家甄的命案有關，畢竟魏瑾晨跟李家甄的關係很好，兇手可能怕魏瑾晨說出不利於自己的證詞，只好先下手為強，起初我們還以為是傅偉誠攻擊魏瑾晨，不過那天他有不在場證明；發現是你襲擊魏瑾晨之後，我就大膽猜測你就是那個殺人兇手，因此想賭賭看，能否一次抓到你所有的把柄，昨天那通電話，我是故意打給你的。」

「什麼？」何宥勳睜大眼睛，一副訝異的樣子。

「是的，其實我並沒有問魏小姐，任何有關你跟傅偉誠的事，我會故意打電話，問你跟傅偉誠是否有發生過不為人知的事情，還刻意說溜嘴，讓你覺得是魏瑾晨說的，只是想看看你會有什麼反應。」吳閔穎露出得意的笑容：「不過早在我第一次拜訪你的時候，就覺得有點奇怪，你的說詞對傅偉誠是很不利的，魏瑾晨跟我說你們是好朋友，但在我聽來，你當時根本沒有想幫他說話的意思，反而比較像是落井下石，於是我就在猜想，也許你跟傅偉誠私底下有什麼過節。」

何宥勳看著桌面的兩張拍立得，沉默不語。

「所以，何宥勳先生，你承認自己襲擊魏瑾晨小姐並試圖在醫院掐死她，還有親手殺死李家甄女士，並且企圖嫁禍給傅偉誠先生嗎？」

何宥勳用力嘆了一口氣，點點頭：「我承認，這些事情，全都是我做的。」說完，兩行淚水從眼角流下，滑過臉頰。

拾柒

警方公布何宥動才是真正的凶手後，索思薇的官方網站不但立刻補上傅偉誠的創辦人介紹，也讓他重新回去上班。

那天所有分店都特地提早停止營業，晚上在公館店為傅偉誠舉辦一場派對，歡迎他的回歸。劉羽強高舉著香檳，「恭喜偉誠！大家一起乾杯吧！」於是所有人都舉起酒杯，齊聲向傅偉誠祝賀，而傅偉誠也笑笑接受這一切。

派對結束後，他搭計程車回家，但在離家還有一段距離時就提早下車。

半夜的路上沒有行人，傅偉誠有點微醺，但腦袋仍然很清醒，他回想著今晚的情形，大家圍繞在他身邊說話，跟當初自己被認為是殺妻兇手的時候相比，實在天差地遠，果然人情就如同飲水，冷暖只有當事者才能明白。

前天新聞播報何宥動在法庭承認自己所犯下的所有罪刑，這幾天的報導還大肆挖出何宥動過去的感情史，當然也免不了談到兩人曾經交往的事情，這讓傅偉誠感到非常不舒服，總覺得自己才是罪魁禍首，何宥動是因為自己，才會動手殺害李家甄。

走到家門口，威爾斯從狗屋鑽出來迎接傅偉誠，蹦蹦跳跳的牠，不知道有沒有發現女主人已經好久沒出現了。

進入屋內，這房子仍舊空盪盪，傅偉誠坐在沙發上，沒有開燈，只有窗外的銀白月光灑在客廳地板上，他抬頭往外一望，才發現今天原來是滿月呢。

空氣冷冰冰的，還有點潮濕，傅偉誠突然想起兩人剛結婚時，在客廳隨著音樂跳舞的光景，跳累了，就躺在沙發上休息，李家甄會躺在傅偉誠的大腿上，傅偉誠則會輕撫著她柔軟又滑順的美麗長髮。

也許當時，有這麼一刻，自己是深愛著李家甄的。

但傅偉誠也不禁在想，他可能在一開始就走錯路了，為了未來鋪路，希望以後的日子不必因為金錢而苦惱，而且李家甄看起來又是如此完美，所以他選擇與她走上紅毯。

不過傅偉誠忘了很重要的一點，這世上不會有無瑕的人，每個人都有缺陷，過去交往時從不知道的缺點，在婚後日常相處的日子裡，一一浮現，李家甄開始挑他毛病，嫌他回家後襪子亂扔、待洗衣物不放進洗衣籃、沒洗澡就躺在床上玩手機……李家甄甚至會小題大作，怒摔東西，但他仍然視而不見，傅偉誠以為只要假裝沒看到，問題就可以迎刃而解，殊不知裂縫愈來愈大，最後竟成了一條鴻溝。

於是傅偉誠思考著，應該做點什麼來挽救岌岌可危的婚姻。

孩子！沒錯，只要生了小孩，夫妻的重心就會擺在小孩身上，就不會再執著於彼此。

傅偉誠找了一天，當時兩人正在一間美式餐廳吃飯，李家甄用刀叉切著雞肉漢堡，傅偉誠看著她，突然開口。

「家甄，妳覺不覺得，我們可以準備邁入人生的下一個階段了？」

「下一個階段，什麼意思？」李家甄看著他，不過雙手仍繼續動作。

「我的意思是……我認為我們可以考慮生個孩子了，妳想要男生還是女生？生一個就好還是兩個呢？我是覺得兩個不錯，可以互相作伴。」傅偉誠面帶微笑。

然而，李家甄的表情瞬間凝結，她停止切漢堡，並且冷冷地瞪著眼前這個男人：「傅偉誠，我不會幫你生孩子的，一個都別想。」

「為什麼？」傅偉誠也變得凝重。

「你以為我看不出你在想什麼嗎？」李家甄喝了一口桌上的柳橙汁：「傅偉誠，你只是想透過孩子來避開兩人生活，對吧？我只能說，你這個想法非常愚蠢，跟鴕鳥沒兩樣，我才不要用無辜的小孩來填補我的婚姻。」說完，李家甄拿起衛生紙擦了擦嘴，並用力地把它揉成一團丟在盤子裡，接著拎起名牌手提包直接走出餐廳。

從那天起，原本正在走下坡的兩人，變得每況愈下。

可是傅偉誠不死心，仍試圖說服李家甄。

甚至在準備睡覺的時候，愛撫李家甄，想利用這招催情，和她發生關係，但李家甄都只是不發一語得用力撥開他的手。

於是日常相處變得愈來愈糟糕，開始冷戰，想盡辦法避開彼此。

現在回想起來，當初不該天真地把孩子當成拯救婚姻的工具。

又或著，兩人根本就不應該踏入婚姻。

傅偉誠看到電視櫃上，兩人出遊的合照，淚水忍不住奪眶而出，他抓著頭髮痛哭失聲，在心裡向李家甄道歉。

隔日醒來時，竟然已經下午三點多，傅偉誠狼狽地從沙發爬起來，趕緊梳理打扮，然後出發到餐廳。

雖然睡了很久，但精神還是不太好，傅偉誠上班的時候不斷恍神，總算熬到打烊，剩一位內場的廚師黃凱恩和傅偉誠還留在店裡。

「嘿，店長，廚房已經收拾完囉！明天的材料也準備好了。」黃凱恩用食指轉著手上的鴨舌帽。

「今天辛苦你了，趕緊下班吧！」傅偉誠正在結算店內的當日營業額。

「那我先走啦！」才剛走兩步，黃凱恩突然回過頭：「對了，那個……」

「有什麼事情嗎？」傅偉誠轉過頭看他。

「店長抱歉，昨天我臨時有事，所以沒能參加為你舉辦的派對。」黃凱恩似乎有點難為情。

「喔，你不用介意，沒來也不代表什麼啊！」傅偉誠開口安慰黃凱恩，事實上，傅偉誠也絲毫沒有把這件事放在心上。

「店長不介意就好，總之，真的很高興你能回來，我還是比較喜歡店長在的日子！」黃凱恩用手抓著一頭短髮，表情似乎有點窘迫。

「謝謝你。」傅偉誠露出真心的微笑。

「那我先走了，店長也早點休息喔！掰掰！」

「會的，掰掰。」傅偉誠朝黃凱恩揮揮手，看他踏著輕快的步伐離去。

結清完營業額，並再次確認窗戶和大門都已鎖好，傅偉誠從後門離開索思薇，正要走向停車的地方，卻看到有個人站在路口盯著自己。

「你怎麼會在這裡？明天不是還要上班嗎？」傅偉誠訝異地看著詹子彥。

「我跟同事換班了，想說明天跟你一起休假。」詹子彥笑得很燦爛：「我們好久沒有一起吃飯了呢。」

「抱歉，因為前陣子老是有記者纏著我，不想連累到你，所以都沒辦法跟你見面。」

「其實我不在乎啦。」詹子彥拍拍傅偉誠的右上臂：「走吧，去我家，我昨天剛買了一款超好吃的韓國泡麵喔！」

於是兩人坐上車，往中正紀念堂駛去，整路上傅偉誠都沒有主動開口說話，他只是有一搭沒一搭地回應詹子彥。

沒多久便到達目的地。進屋後，詹子彥用鍋子煮水，他看著傅偉誠從冰箱拿出一罐啤酒。

「在想什麼？」

「啊？」傅偉誠似乎有點被嚇到。

「你從剛剛就一直若有所思的樣子。」

「有嗎？」

「還在想那件事嗎？」詹子彥指的是李家甄跟何宥勳的事情。

傅偉誠看著啤酒冒出來的泡沫，沒有回答。

「覺得自己也有錯？」

傅偉誠點點頭。

詹子彥走到傅偉誠面前，用雙手捧住傅偉誠的臉頰，雙眼直視著他：「你聽好，每個人都會犯錯，也許你在這件事情上確實有錯，但千萬不要一輩子拿這個錯誤懲罰自己，如果你不斷在裡頭兜圈，最後真的會走不出來，而你這樣做，只會使現在陪著你的人受傷。」

傅偉誠看見詹子彥眼神中的那份堅定，內心忽然感到一股暖意。

「對不起。」傅偉誠開口。

「我會陪著你的，你只要記住這點就夠了。」此時，鍋中的水燒開了，詹子彥從櫥櫃拿出兩包泡麵，撕開包裝後，把麵條丟入沸水中。

「我覺得你啊，總是太努力想抓住所有東西了。」

「嗯？」

「其實我們都不可能得到所有想要的東西，試圖抓住一切只會淪為兩種下場，一種是變得一無所有，另一種則是成功得到所有，卻失去自我。」

「也許吧。」傅偉誠苦笑著。

「但你可要好好抓住我，不然我可是會跑走的喔！」詹子彥用故作正經的表情看著傅偉誠。

傅偉誠總算展開笑顏，他走向詹子彥，用手摸摸他的後頸，而詹子彥則回過頭，假裝要咬傅偉誠的手，兩人相視而笑。

「對了，你什麼時候要搬家啊？」詹子彥開口。

「下個月一號，前幾天有物色到一間還不錯的，所以立刻和房東簽約了，現在就等舊房客搬走。」

「那現在這間房子呢？你要怎麼處理？」

「打算賣掉，不過仲介跟我說應該不太好賣。」傅偉誠苦笑。

「喔，也是。」詹子彥原本還想問為什麼，突然想起那房子發生過命案，大多數人對凶宅都有忌諱。「那需要我幫你整理嗎？」

「不用啦，你平常還要上班，我自己來就可以了。」

「那你搬家那天我再去幫你！剛好那天有放假。」

「好啊，先謝謝你。」

「不用客氣啦。」詹子彥露出微笑：「喔！麵感覺快好了，幫我拿兩個碗。」

隔天下午回到家，傅偉誠準備開始收拾，他打算從房間著手。

正當他把衣服裝入行李箱時，在下層收著不常穿襯衫的抽屜深處，發現一個深藍色的盒子，看起來似曾相識，打開之後，裏頭是一條項鍊，黑繩上掛著一枚銀色戒指。

這是何宥勳送他的禮物。

交往快滿半年，適逢傅偉誠的生日，那天何宥勳在台北東區找了一間餐廳，幫他慶生，離開店之前，何宥勳從背包裡拿出這個盒子。

「寶貝，這是送你的禮物，祝你生日快樂！」

「謝謝寶貝，」傅偉誠接過盒子：「可以現在拆嗎？」

「當然可以啊。」

傅偉誠迫不及待打開它：「哇，這不是我們上次逛街看到的嗎？」他看起來又驚又喜。

「是啊，你看起來很喜歡，所以我就默默把它買下，想說你生日快到了，可以送給你。」

傅偉誠想起何宥勳，他們第一次互動是在大學剛開學的必修課上，第一眼看到何宥勳時，覺得他身上有一種淡淡的憂鬱氣息，但笑起來又很開朗，這樣的些微矛盾非常吸引人。

後來傅偉誠就常常趁著必修課，坐在何宥勳旁邊，下課之後就會一起去吃飯。

「咦，你是一個人住在外面喔？那可以去你家煮東西吃嗎？」那天兩人打完球，沿著河堤散步。

「可以啊，你想煮什麼？」

「小火鍋如何？」傅偉誠提議。

「聽起來不錯，那就現在去生鮮超市，等等直接回我家吧。」

採買完畢，走到何宥勳的租屋處，傅偉誠先跑去沖澡，當他踏出浴室時，看到何宥勳正專注地切著小白菜，傅偉誠靜靜站在廚房門口，凝視這美好的景象，他突然覺得兩人好像一對戀人，如果與何宥勳交往，應該會很快樂。

後來兩人交情愈來愈好，傅偉誠對何宥勳的喜歡也與日俱增，某天他決定找何宥勳去樟山寺看夜景，並找機會向他告白，雖然沒有十足的把握，但傅偉誠仍想試試看。

沒想到最後，是何宥勳主動開口，於是兩人就正式交往了。

但快樂的日子並沒有持續很久，大一下學期的清明連假，兩人去了一趟台中，在逢甲夜市牽手逛街，沒想到被路上行人投以鄙視的眼光，甚至有對中年夫妻經過他們時，罵了一句「死同性戀，噁心！」

傅偉誠聽得很清楚，雖然以前就知道社會對同性戀不太友善，但這是他第一次感受到如此直接明確的惡意，這讓他感到畏懼。

儘管何宥勳不斷安慰，告訴他不是人人都這樣討厭同性戀，但傅偉誠仍很介意，他無法想未來的日子都要遭受他人的指點。

於是，傅偉誠興起退縮的念頭，他對這段感情感到遲疑了。

別說什麼以後，連結婚都無法，還談什麼未來？

傅偉誠決定要結束這段愛情，但又有點捨不得，只好採取消極手段，漸漸疏離何宥勳。

這時，李家甄出現了，像是救世女神般，傅偉誠感到一線生機，如果和這個女生交往，我們就可以結婚，過正常人的生活！

於是傅偉誠決定提出分手。

如果可以活在陽光下，誰想要一輩子躲在陰影中呢？

他不想要永遠都這樣躲躲藏藏。

傅偉誠看著項鍊，苦笑著，眼眶裏有淚水在打轉。

當初的我為什麼如此脆弱呢？他心想。

宥勳，謝謝你，但真的很抱歉，是我對不起你。

傅偉誠將盒子緊緊蓋上，收入行李箱最底處。

尾聲

台北火車站的第三月台，吳閎穎背著後背包，手上提著一個小行李袋，正等待即將到站的南下自強號，雖然現在高鐵很方便且快速，不過吳閎穎還是喜歡搭火車的感覺。

「學長，要記得帶名產回來給我吃喔！」曾瀞一身輕便，站在吳閎穎旁邊。

「再考慮。」吳閎穎故意看向別處。

「吼，學長很過分！就看在我陪你一起破案的份上嘛！拜託，買布丁給我，我要芒果口味的唷！」曾瀞拉著吳閎穎的外套袖子。

「那個網購就有了啦。」吳閎穎翻了一個白眼，「唉唷，不要再扯我袖子了！」

「那你要買布丁給我。」

「好啦。」吳閎穎撇撇嘴。

「謝謝學長！學長最棒了！」曾瀞像個孩子似的歡呼著，「啊，對了，你會去魏瑾晨小姐的婚禮嗎？」

「應該會吧。」吳閎穎心想，偶爾參加喜氣的場合，沾沾愉快的氣氛也不錯，也許還能招點桃花。

「那太好了，學長，到時候一起去吧！」

「再說。」

曾滸竊笑，心想學長還是一樣喜歡口是心非。

「對了，何先生之後會被判死刑嗎？」曾滸突然想起何宥勳。

「大概只會判無期徒刑吧。」

「因為恨而奪走李家甄的性命，因為害怕魏瑾晨說出自己的祕密，而試圖殺害她，這樣的行為實在難以讓人苟同啊。」

「妳難道不知道，恨意是這世上最執著的信念嗎？」吳閎穎苦笑，「由愛轉恨所產生的殺意，更是足以毀滅一切的力量。」

「唉，人心真是可怕。」

兩人陷入沉默，這時，車站廣播表示火車準備進站。

「我要準備上車了。」吳閎穎看著自強號駛入月台。

「學長掰掰！等你回來唷！」曾滸用力地揮手。

吳閎穎走上車，也對她揮揮手，然後找到自己的座位坐下。

「各位旅客您好，十一點零五分，經由山線開往台南的自強號，在第三月台A側快要開了，還沒上車的旅客，請趕快上車……」

忽然之間，吳閎穎想起狠心提出分手的前男友，當時自己雖然苦苦哀求，希望他可以留下，但那個人終究還是離去了。

分手後，吳閔穎沒有感到特別悲傷，他的生活依然如往常繁忙，沒有多餘時間為逝去的感情哀悼，但就在分手後一個月，聽朋友說前男友竟然有了新的交往對象，吳閔穎才感覺到心中那一大片傷口在滴血。

某天半夜他躺在床上無法入睡，和前男友的回憶如排山倒海般襲來，塞滿整個房間，擠得他快要窒息，吳閔穎忍不住流下淚水，突然感到好恨好恨那個毅然決然離自己而去的人，他好想衝到前男友的住處，把他和他的新歡，用槍射死。

吳閔穎看見子彈穿過那兩個人的腦袋，腦漿和血液迸出，然後他們會睜大著雙眼，緩緩倒在地上。

「不！」吳閔穎用力地從床上坐起身，全身顫抖著。

他為剛才在腦海裡一閃而過的殺意感到害怕，吳閔穎走到浴室，打開水龍頭，用雙手捧起水潑在臉上。

感情也許就是如此吧，曾經的愛意有多深多濃，在歷經背叛的傷痛之後，恨意也可能會同樣地強烈。

可是即便如此地痛苦，也不代表我們可以去傷害那曾經愛過的人，可以選擇不祝福，可以選擇向朋友唾棄他是一個多爛的情人，但奪走他的性命，絕對是所有報復方法中，最笨的一種。

若你真的恨透了一個人，就應該要努力地活著，也要讓那個人活著，才有機會在再次相遇的那天，告訴對方：「我現在過得非常好，甚至比你還要好，因為你的離去使我茁壯。」然後驕傲地，用勝利者的姿態揚長而去。

是啊，最好的報復，不就是活得比對方更好嗎？吳閎穎心想。

此時，火車門關上，自強號緩緩駛離車站，吳閎穎對著車窗上自己的倒影微笑，期待接下來的旅程。

（完）

後記

如果有人問我為什麼會寫《親愛的，總有一天我會殺了你》這本書，我應該說不出什麼冠冕堂皇的理由，純粹就是在看完吉莉安・弗琳的《控制》後，覺得這真是太酷了！再加上暑假，就趁著打工以外的閒暇之餘敲打出這篇個人首度破萬字的故事。

至於情節的安排，倒是來自於個人經驗，不知道你有沒有過類似的經歷？在詢問別人有無交往對象時，通常都是先假設對方是異性戀，但其實他／她喜歡同性，結果場面就超級尷尬；又或者你自己就是被詢問的人，當別人問你有沒有男／女朋友時，你／妳其實很想大吼：「老子／老娘是同性戀啦！」

我想表達的是，即使台灣某個程度已經算是民風開放，同志運動也行之多年，但我們對於性傾向的想像還是非常狹隘，第一時間通常都不會假定對方是同性戀，更遑論雙性戀、無性戀、跨性別……等其他可能，所以我想利用這個慣性，讓閱讀者陷入一個圈套，至於有沒有成功，我就不得而知了！但默默期待有人會因為這本書，對於性別期待、性傾向，能有更多開放空間，而非只是侷限於單一答案。

當然，還要非常感謝秀威出版以及責任編輯齊安，給予我這個新人許多寶貴意見，也不厭其煩地魚雁往返（其實是用電子郵件），告訴我哪裡不盡理想需要修改。

第一次投稿著實忐忑，想當初在寄件給出版社時，要按下發送鍵之前，心臟還撲通撲通跳個不停，看到回信更是不斷深呼吸，遲遲不敢點開來看結果，看到被錄取還不敢置信，重複讀了兩三次，才相信自己的作品真的被採用了，當時還在房間裡大叫了一聲，希望沒吵到鄰居。

一本書的完成著實不易，不過以後想起來應該會別有一番滋味吧！

寥洋

要推理42　PG1577

要有光 FIAT LUX

親愛的，總有一天我會殺了你

作　　者　廖　洋
責任編輯　喬齊安
圖文排版　詹羽彤
封面設計　蔡瑋筠

出版策劃　要有光
發 行 人　宋政坤
法律顧問　毛國樑　律師
印製發行　秀威資訊科技股份有限公司
114台北市內湖區瑞光路76巷65號1樓
電話：+886-2-2796-3638　傳真：+886-2-2796-1377
http://www.showwe.com.tw
劃撥帳號　19563868　戶名：秀威資訊科技股份有限公司
讀者服務信箱：service@showwe.com.tw
展售門市　國家書店（松江門市）
104台北市中山區松江路209號1樓
電話：+886-2-2518-0207　傳真：+886-2-2518-0778
網路訂購　秀威網路書店：http://store.showwe.tw
國家網路書店：http://www.govbooks.com.tw

出版日期　2017年10月　BOD一版
定　　價　250元

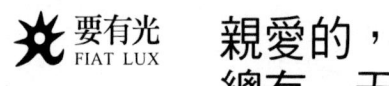

國家圖書館出版品預行編目

親愛的,總有一天我會殺了你 / 寥洋著 -- 一版. -- 臺北市 : 要有光, 2017.10
面； 公分. -- (要推理 ; 42)
BOD版
ISBN 978-986-95365-1-6 (平裝)

857.81 106015129

讀者回函卡

感謝您購買本書，為提升服務品質，請填妥以下資料，將讀者回函卡直接寄回或傳真本公司，收到您的寶貴意見後，我們會收藏記錄及檢討，謝謝！

如您需要了解本公司最新出版書目、購書優惠或企劃活動，歡迎您上網查詢或下載相關資料：http:// www.showwe.com.tw

您購買的書名：________________________

出生日期：________年________月________日

學歷：□高中（含）以下　□大專　□研究所（含）以上

職業：□製造業　□金融業　□資訊業　□軍警　□傳播業　□自由業

□服務業　□公務員　□教職　□學生　□家管　□其它____

購書地點：□網路書店　□實體書店　□書展　□郵購　□贈閱　□其他

您從何得知本書的消息？

□網路書店　□實體書店　□網路搜尋　□電子報　□書訊　□雜誌

□傳播媒體　□親友推薦　□網站推薦　□部落格　□其他________

您對本書的評價：（請填代號　1.非常滿意　2.滿意　3.尚可　4.再改進）

封面設計____　版面編排____　內容____　文／譯筆____　價格____

讀完書後您覺得：

□很有收穫　□有收穫　□收穫不多　□沒收穫

對我們的建議：________________________

請貼
郵票

11466
台北市內湖區瑞光路 76 巷 65 號 1 樓
秀威資訊科技股份有限公司 收
BOD 數位出版事業部

(請沿線對折寄回,謝謝!)

姓　　名:＿＿＿＿＿＿＿＿　年齡:＿＿＿＿　性別:□女　□男

郵遞區號:□□□□□

地　　址:＿＿＿＿＿＿＿＿＿＿＿＿＿＿＿＿

聯絡電話:(日)＿＿＿＿＿＿＿＿　(夜)＿＿＿＿＿＿＿＿

E-mail:＿＿＿＿＿＿＿＿＿＿＿＿＿＿＿＿